VALENTIN
NÉRAUDEAU

DU POTAGER FAMILIAL
AUX TABLES D'EXCEPTION

fayard

À ma mère, Bénédicte, qui m'a initié aux saveurs vraies et à la beauté du partage.

MON UNIVERS CULINAIRE
ET L'ENVIE DE TRANSMETTRE

Je crois que la cuisine, quand elle est sincère, commence toujours par une histoire d'amour. Une histoire d'amour avec les produits de la terre, les gestes simples, les gens qui nous entourent. Moi, cette histoire a commencé tout petit, dans le jardin de mon grand-père Étienne, en Charente-Maritime. J'étais un enfant curieux, heureux de me salir les mains dans la terre, de sentir l'odeur du thym froissé entre les doigts, de croquer une tomate cœur-de-bœuf chaude, cueillie en plein été, presque sucrée. J'ai encore dans le nez les effluves particulières de buis, il y en avait partout et le parfum chaud des fraises d'été. Ce beau jardin semblait vivant rien qu'avec ses odeurs de fleurs et d'arbres fruitiers en abondance. Je n'ai rien appris dans les livres au début. J'ai tout appris avec les yeux, avec le nez, avec les mains et avec le cœur. Ma mère, Bénédicte, mon grand-père, ma grand-mère Laurence sont mes premiers professeurs. Ils m'ont transmis sans le savoir les plus belles valeurs de la cuisine : le respect des produits, le goût des choses bien faites, la patience, et surtout, la joie de partager.

Parce que la cuisine, au fond, c'est ça : c'est une grande table où tout le monde est le bienvenu. C'est un sourire qu'on dépose dans une assiette. C'est un geste d'amour silencieux et je n'ai jamais perdu ça. Jamais. Je suis l'aîné d'une fratrie de quatre enfants. J'ai un frère Alexandre, parti trop tôt, et deux sœurs, Marie et Louise. Ma mère, une femme courageuse, a fait tant de sacrifices pour nous. Pendant mon adolescence, je me suis beaucoup investi pour la soutenir, notamment en l'aidant en cuisine. C'est là que j'ai découvert une passion qui ne m'a plus quittée : l'envie de devenir cuisinier. Ma mère a toujours été là, dans les bons comme dans les mauvais moments. Dans mon apprentissage, dans mes joies, mes désillusions. Puis plus tard, mes croisades et mes rebonds. Quand je doute, je ferme les yeux : il suffit d'entendre son rire dans la cuisine pour que la flamme reparte. Ses encouragements sont les épices secrètes qui font lever chaque plat et, surtout, chaque matin. Tout ce que je sers aujourd'hui porte l'empreinte de ses mains, cette délicatesse simple qui transforme un repas en refuge. Je t'aime maman et j'espère te rendre aussi fière que je suis fier de ce que tu es.

Depuis l'âge de quatorze ans, je n'ai fait que travailler pour vivre de cette passion. Je suis un acharné, oui. Mais je crois au travail, au vrai. Celui qui fait progresser, qui rend fier, qui construit les plus belles aventures humaines. J'aime les gens qui se lèvent tôt pour faire les choses bien. J'aime les gens qui respectent les saisons. J'aime ceux qui osent, qui apprennent, qui se trompent parfois mais qui continuent avec le sourire. Dans ma cuisine, tout est à taille humaine. J'aime les produits simples, ceux que l'on trouve au marché, chez le producteur du coin, dans son jardin ou au fond de son placard. Je ne cours pas après les techniques spectaculaires. Je cours après le goût, l'émotion et ce petit frisson que l'on ressent quand un plat vous rappelle l'enfance.

Je pense souvent au pot-au-feu de ma grand-mère. C'est le seul plat que je n'ai jamais vraiment réussi à reproduire à l'identique. Et je crois que c'est très bien ainsi. Parce qu'il reste quelque chose d'intouchable, de précieux, de magique.

Dans ce livre, je n'ai qu'une envie : vous transmettre cela, vous donner envie de cuisiner simplement et de vous faire confiance. Mon souhait le plus profond est de vous réapprendre à aimer les produits vrais, les légumes qui ont du goût, les fruits de saison, les tomates cœur-de-bœuf cueillies au bon moment (oui nous en parlerons beaucoup dans ce livre car c'est mon péché mignon). Je vous parlerai des huiles parfumées aux agrumes ou de ces plats incroyables à cuisson lente, ceux qui mijotent des heures et embaument une cuisine, comme les riz au lait, les crèmes aux œufs ou même œufs au four que pouvait faire ma grand-mère.

Je veux vous partager mes astuces, mes gestes, mes souvenirs, je veux que vous vous sentiez libres de réinventer mes recettes à votre sauce. Selon moi, il n'y a pas de bonne ou de mauvaise façon de cuisiner, simplement des intentions sincères et des sourires autour d'une table. C'est ma façon d'être chef : une cuisine généreuse, joyeuse et respectueuse, une cuisine avec laquelle on se sent bien, une cuisine humaine ! J'aime profondément mon métier, mes équipes, toutes ces personnes qui travaillent avec moi, celles qui ont du talent et de l'ambition, mais aussi de l'humilité. Je crois à la transmission, à la solidarité dans les cuisines, à l'écoute, à la bienveillance.

Dans ce livre, vous allez retrouver des souvenirs tendres, des recettes simples, des conseils que j'aurais adoré avoir au tout début de ma carrière. Je vais vous confier mon parcours, mes racines et mes rêves qui ne cessent de m'animer. Je tiens à vous faire comprendre que la cuisine n'est pas figée, elle est bel et bien vivante et en mouvement, elle appartient à ceux qui, par-dessus tout, ont envie de faire plaisir. Alors si vous lisez ces lignes, sachez que vous êtes déjà un peu dans ma cuisine. Et ici, on cuisine avec le cœur, avec beaucoup de travail oui, mais surtout avec beaucoup de plaisir.

Je vais ainsi vous parler de moi, de mon histoire, de ma cuisine et je vais essayer de vous transmettre quelque chose d'utile et de concret. Le fil rouge de ce livre, c'est ça : vous donner les clés pour cuisiner comme un chef... Mais chez vous, à votre rythme, avec vos produits, dans votre quotidien.

J'ai à cœur de vous livrer mes meilleurs conseils, les plus simples, les plus vrais, des gestes qui changent tout et des astuces qui font toute la différence pour sublimer un légume, cuire une viande à la perfection, ou composer une assiette belle et gourmande, sans se compliquer la vie. En effet, je suis convaincu d'une chose : la bonne cuisine n'est pas réservée aux grands restaurants. Elle est partout où il y a du respect, de la curiosité, de la sincérité et de l'envie, je ne cesserai de la répéter : de faire plaisir !

Si, en refermant ces pages, vous vous sentez plus à l'aise en cuisine, plus libre, plus fier de ce que vous préparez pour vous, vos amis, votre famille... Alors j'aurai réussi mon pari ! Cet ouvrage se veut à la fois guide pour vous accompagner, carnet de route pour réenchanter vos repas du quotidien, et un véritable compagnon pour redonner à la cuisine sa vraie place : celle du partage et du plaisir.

Alors, à vos couteaux, à vos légumes, à vos souvenirs et surtout, prenez le temps de savourer. Bienvenue dans mon aventure gourmande. Bienvenue dans votre cuisine.

1

MON AVENTURE EN CUISINE :
LE GOÛT DES PREMIÈRES FOIS

Les souvenirs ont une odeur. Ils ont une texture. Ils ont un goût. Moi, mes souvenirs d'enfance sentent la confiture de mûres encore tiède, les herbes fraîches du jardin qui déteignaient sur mes doigts et le bouillon parfumé d'un pot-au-feu qui mijote pendant des heures.

Je suis né en Charente-Maritime, dans une famille où l'on cultivait les valeurs vraies. Chez nous, rien n'était laissé au hasard. Tout venait du jardin. Mes grands-parents, Étienne et Laurence, ont été les premières personnes à me faire comprendre qu'un produit de qualité méritait du respect.

Ah… Le moulin à eau de mes grands-parents, le moulin de Maingout… un mot, et tout revient d'un bloc : la roue de bois qui claque, la rivière qui bavarde, et cette végétation à profusion qui faisait croire à l'enfant que j'étais qu'il vivait dans un potager de géants. Ce qui m'est resté, c'est l'odeur. Pas une odeur : une symphonie de parfums. J'aimais traverser l'allée bordée de framboisiers, framboises à gogo, rouge rubis, mûres avant que j'aie le temps de les compter. Elles tachent les doigts, elles marquent les vêtements mais, par-dessus tout, elles me marquent surtout le palais pour la vie. Plus loin, les fraises se cachaient sous un feuillage dru : on les repérait tout de suite à leur haleine sucrée, presque vanillée, qui s'élevait dès qu'un rayon de soleil touchait les lattes chaudes de la vieille passerelle.

Et puis il y avait ce buis monumental. Il ne se contentait pas de sentir ; il dominait l'air d'une essence poivrée, presque comme de l'encens. Chaque printemps, j'attendais sa floraison comme d'autres enfants attendaient la cloche de la récré : le moulin changeait de saison à la minute où le buis s'ouvrait. Sous les branches, les noisetiers lançaient leurs chatons dorés. Un peu plus loin dans la végétation, je me mettais accroupi pour admirer le carré des herbes aromatiques (menthe, verveine, ciboulette en fleurs), un bouillon d'idées pour l'adulte-cuisinier que je deviendrai sans le savoir. À l'arrière, la rhubarbe dressait ses tiges rosées comme des lances doucesamères. On en coupait des tronçons que l'on plongeait dans un bol de sucre : ma langue de petit garçon, tiraillée entre l'acidité et le grain croustillant, apprenait déjà l'équilibre des saveurs. Et juste avant la barrière, un vieux palissage de pêches de vigne : chair sanguine, parfum de fleur d'amandier, jus qui dégoulinait jusqu'au coude. Ces pêches ne se partageaient pas ; elles se vivaient, les yeux fermés, sans assiette ni couteau, comme un secret soufflé par l'été. Et puis, entre deux murets, le cassis attendait qu'on le touche et il libérait aussitôt cette note sombre, presque de réglisse, qui colle aux paumes mieux que n'importe quel parfum de grand magasin. Au moment où j'écris ces lignes, j'ai encore le vieux pressoir de mon grand-père devant moi, à peine abîmé par le temps. Et je me souviens des sirops de cassis incroyables qu'il cuisinait avec cet objet ; c'était un velours, très, très fort en goût.

Et d'autres odeurs continueront de m'habiter jusqu'à la fin de ma vie... Les courgettes, leurs grandes corolles jaune soleil, et surtout ces asperges blanches qui appartiennent à l'un de mes plus précieux souvenirs. L'aube posait encore un voile bleu gris sur le jardin quand je rejoignais ma grand-mère. Nous enfilions nos bottes puis nous avancions à pas feutrés vers la petite clairière. Là, un ruisseau murmurait, la rosée était absolument partout, elle faisait luire les toiles d'araignée comme des fils d'argent. Nous nous accroupissions, presque en apnée, pour ne pas troubler la quiétude du matin. Ma grand-mère glissait sa gouge – cette serpe en gouttière que les menuisiers utilisent pour évider le bois – sous la pointe nacrée de l'asperge. Un craquement feutré, net : la tige se détachait de la terre sableuse. Je sentais aussitôt un effluve vert, presque lacté, s'échapper du sillon fraîchement ouvert. À chaque prise, elle me lançait un clin d'œil complice ; son panier d'osier se remplissait lentement de ces petits trésors immaculés, rangés avec la même délicatesse que des pièces de porcelaine. Son sourire valait toutes les médailles : la joie simple d'avoir cueilli, avant le monde entier, l'essence même du printemps. Aujourd'hui encore, quand l'odeur d'une asperge fraîche effleure ma cuisine, c'est elle que j'entends rire au bord du ruisseau, sous la lumière frémissante d'un matin sans âge.

La grande spécialité de ma grand-mère était ses conserves et confitures. C'était fou quand j'y repense. Le rituel commençait parfois très tôt : elle disposait les bocaux ouverts sur la grande table de la cuisine, rangés comme des soldats de verre qui attendaient leur mission. Sur le feu, deux marmites faisaient déjà frémir l'eau de stérilisation ; la buée couvrait les carreaux et donnait à la cuisine des allures de hammam paysan. Il y avait d'abord la collecte : nous revenions des sousbois avec des cèpes dodus, encore perlés de rosée. Je revois ses doigts, tachetés de sucre brun, brosser avec précision chaque champignon pour ne pas troubler le parfum de mousse et d'humus. Un roux léger, puis les morceaux rejoignaient les bocaux coiffés d'une graisse claire : « Comme ça, mon bibi, la forêt rentre à la maison pour tout l'hiver. » me disait-elle. Venaient ensuite les confitures : fraise, pêche de vigne, cassis, jusqu'à ce que les étagères croulent sous les couvercles rouges à carreaux. L'après-midi se transformait en symphonie de « pocs » : le bruit sec des couvercles qui scellent sous vide. Chaque bruit était, pour elle, la signature d'un travail bien fait. Je me souviens de la chaleur : celle du gaz, celle de la vapeur, celle de ses joues rosies quand elle alignait la dernière rangée de pots, triomphante. Ces après-midi n'étaient pas seulement de la cuisine ; c'étaient des leçons de patience, de prévoyance et d'amour pratique. Quand j'ouvre un bocal maison, je retrouve encore la certitude que le goût peut arrêter le temps.

Aujourd'hui encore, un simple frôlement de buis, une bouffée de cassis, tout me revient et je cuisine avec mes grands-parents. Toute ma cuisine tire son fil de cette pelote de souvenirs : fraîcheur, sincérité, zéro superflu. Parce que le vrai luxe, je l'ai appris là-bas : un fruit cueilli à point, une herbe froissée entre deux doigts et l'amour de ceux qui vous tendent le panier.

Vous l'aurez compris, nos ingrédients ne venaient pas du supermarché mais du jardin ou des producteurs voisins, avec le fameux beurre charentais à la fleur de sel. J'ai grandi entourer de potagers, de rangées de légumes alignées, de tomates cueillies à maturité, de pommes de terre roses à la vapeur, de salades du jardin. Tout peut être sublimé par un bon assaisonnement : un sel parfumé, un poivre précis ou une pointe de piment (jamais les deux).

Mon conseil : remplacez le poivre par une pincée de piment d'Espelette, plus savoureux et à peine plus relevé.

Ma mère et ma grand-mère savaient sublimer les produits simples : des légumes grillés, une vinaigrette maison, une mayonnaise montée à la fourchette. Pas de mode, pas de chichi : juste le goût et le respect du produit. C'est la cuisine que je défends : sincère et rassembleuse. Je ne cherche pas l'originalité à tout prix. Je veux la crème brûlée à la vanille de mon enfance, bien faite et réconfortante.

J'ai eu le déclic très tôt. L'arrière-cuisine était notre laboratoire : confitures, bouillons, plats longs. Enfant, j'y passais des heures. Sur le chemin de l'école, je cueillais des mûres pour réduire le sucre à 30 %. Le goût était pur, fort. Le meilleur parfum du monde.

C'est là que j'ai fait mon premier geste de cuisinier : « touiller » le riz au lait. Sept ans, debout sur un tabouret, concentré sur la cuisson. Rigueur et patience, déjà.

MA RECETTE D'ENFANCE
LE RIZ AU LAIT À LA VANILLE

Pour 6 à 8 personnes
Préparation et cuisson : 1 heure

Ingrédients : 450 g de riz rond à dessert ; 200 g de sucre ; 1 litre de lait entier + 100 g de lait entier ; 2 gousses de vanille fendues et grattées ; 100 g de crème liquide

Préparation

Dans une grande casserole, versez le riz et couvrez-le d'eau froide. Portez à ébullition, puis retirez immédiatement du feu et égouttez soigneusement. Replacez le riz dans la casserole avec le litre de lait, le sucre et les gousses de vanille fendues et grattées. Laissez frémir à feu moyen pendant environ 30 minutes, en remuant régulièrement à la cuillère en bois pour éviter que le riz n'attache au fond.

Le riz doit rester légèrement ferme en son cœur, tout en ayant une texture fondante. En fin de cuisson, versez la préparation dans un grand saladier. Incorporez la crème liquide et les 100 g de lait entier, afin d'arrêter la cuisson et d'apporter encore plus d'onctuosité.

Laissez refroidir à température ambiante, à l'abri du réfrigérateur, pour préserver toutes les nuances de saveur. Servez tel quel ou accompagnez d'un léger voile de cassonade ou d'un coulis de fruits pour une touche gourmande.

MON CONSEIL DE CHEF
MA VINAIGRETTE CRÉMÉE

Ingrédients : 1 cuillerée à soupe de moutarde de Dijon, 3 cuillerées à soupe d'huile d'olive vierge extra, première pression à froid, 1 cuillerée à soupe de vinaigre de vin, 1 cuillerée généreuse de crème épaisse (35 % de matière grasse), une pointe de fleur de sel, une pincée de poivre fraîchement moulu, quelques brins de ciboulette finement ciselée.

Préparation

Dans un petit cul-de-poule, déposez la moutarde, la crème et le vinaigre. Fouettez délicatement jusqu'à obtenir un mélange onctueux et parfaitement lisse. Versez l'huile en filet tout en continuant de fouetter, afin d'émulsionner la préparation et de lui donner une texture veloutée. Ajoutez enfin la ciboulette ciselée, puis assaisonnez avec la fleur de sel et le poivre, selon votre goût. Un geste précis, une harmonie de saveurs... pour sublimer chaque bouchée.

Pourquoi je me suis plongé à ce point dans la cuisine ?

Pour la magie que représente le fait de transformer et sublimer un produit. Pour le bonheur extrême que je ressentais devant une cocotte pleine avec mes yeux de gamin. Pour tout ce que cela faisait vibrer dans le corps, le cœur et la tête d'un petit garçon réservé et timide.

Mais aussi et surtout, parce qu'au moulin je trouvais l'air qu'il me manquait ailleurs.

Mes matinées commençaient dans la grande serre de Papi : semis de courgettes, d'aubergines, de tomates multicouleurs, de pommes de terre roses, Charlotte, petites de l'Île de Ré, autant de vieilles variétés qu'il refusait de laisser disparaître. Après chaque saison, il récupérait les graines, les faisait sécher sur d'énormes tamis, puis les classait dans l'établi à tiroirs. Rien ne se perdait ; il répétait : « Ce que la terre te donne, tu ne le gâches pas. » C'est ainsi que j'ai compris qu'avec une graine, du temps, de l'amour et de la passion on obtient le meilleur.

Ma grand-mère nous rejoignait ensuite et quand les paniers étaient pleins, nous pouvions partir en cuisine. Les petits-enfants lavaient, épluchaient, puis on passait aussitôt aux fourneaux. Ma mère et ma grand-mère faisaient suer les légumes sans coloration, puis les braisaient dans un fond de liquide au four. Voir la courgette ramollir, la tomate épaissir, la carotte devenir tendre me donnait des frissons. La transformation tenait de la magie ; je la vivais comme une petite religion, un lieu sûr où je venais me réfugier.

Ces rituels étaient mon soleil. À la maison, l'ambiance était souvent sombre. Mon père, aux prises avec ses propres démons, rendait les soirs lourds et imprévisibles. Je ne me sentais jamais vraiment au clair, jamais vraiment à ma place. Les journées au jardin devenaient donc des bouffées d'oxygène et les repas partagés, de vraies parenthèses de tendresse. Autour de la table, on souriait, on parlait à cœur ouvert, on riait, on se disait qu'on s'aimait, et cette phrase simple me tenait lieu de rempart.

Je revois chaque geste de mon grand-père. Il n'était pas rentré sans séquelles de la guerre d'Indochine. Il avait reçu un éclat d'obus et était profondément traumatisé et ne pouvait pas rester très longtemps debout. Alors, on avait une énorme brouette sur laquelle il pouvait s'asseoir. Le dos courbé, il éclaircissait les rangs de carottes d'un geste lent et précis, Opinel au fond de la poche, pour faire de la place aux plus beaux plants. Devant chaque longueur de fruits ou légumes, ses rosiers anciens parfumaient l'air. Il disait qu'un rosier malade fait tousser le jardin. Dès que l'un d'entre eux n'était pas au mieux de sa forme, nous savions qu'il allait bientôt falloir traiter les fruits et légumes ! Aujourd'hui encore, j'y repense quand je revois des roses. Je peux les trouver très belles mais elles n'ont plus d'odeur. Toutes ces images, ses grosses mains se transformant en pelle dans la terre, toutes ses paroles, des phrases que lui envierait n'importe quel philosophe ou psychologue, ont été mon repère paternel ; sans lui, j'aurais pu me perdre, comme n'importe quel jeune homme.

Le savoir-faire de mon grand-père était magnifié par l'instinct de ma grand-mère. Les carottes, encore terreuses, finissaient braisées. « Faire suer, c'est cuire sans colorer ; braiser, c'est cuire longtemps dans un fond de liquide », disait-elle, avec l'acquiescement de ma mère. Des définitions directes, gravées à vie.

Chaque journée au moulin était un concentré de tendresse brute : un endroit où la cuisine, plus forte que tout, me transcendait et redonnait du sens. C'est là que j'ai décidé de faire de ces gestes ma vie. Respecter le produit, transmettre de l'amour et, surtout, offrir ce même sentiment de refuge à celui qui mange.

Les défis et les apprentissages

Je ne pense pas avoir tout à fait grandi comme les autres enfants. Alors que certains voulaient être astronaute, puis vétérinaire ou encore pompier, j'ai toujours su que je voulais faire de la cuisine. Je ne vivais que pour cela. À l'école, j'étais bon élève mais j'étais souvent seul. Pas vraiment d'amis, pas de bande.

Au fond de moi, j'étais déjà ailleurs. J'avais la tête en cuisine, dans les saveurs, dans les gestes appris auprès de ma mère et de mes grands-parents.

En CM2, dans mon petit village de Maurens dans le Gers, d'à peine trois cents âmes, la cantine était une vraie cantine de campagne. Ici pas de cuisine centrale, tout le monde mettait la main à la pâte. Éleveurs et producteurs de la commune apportaient eux-mêmes les volailles de leur ferme, les légumes de leur jardin. Ce n'était pas de la restauration collective industrielle, c'était du vrai, du local, du vivant. J'ai encore en tête et sur le palais ses souvenirs de légumes braisés ou rôtis, ces volailles extraordinaires rôties elles aussi et cuisinées avec tant d'authenticité, le canard était incroyable.

Ce goût-là, ces produits-là, je les ai gardés au fond de moi toute ma vie. J'étais tellement obsédé par ma vocation que, malgré mes bonnes notes, j'ai quitté le cursus scolaire général pour me lancer, juste après la classe de cinquième. Je me sentais libre, adulte, mature, avec néanmoins tout à apprendre. Je savais pertinemment que ma persévérance me ferait sortir du lot et surtout, me ferait réussir ! La cuisine, c'est tout ce que je savais faire : elle m'emballait, elle me transcendait, elle me tenait littéralement debout. Quand je suis arrivé en apprentissage, j'ai emporté cette certitude comme on agrippe une bouée. La cuisine, c'est l'art de faire plaisir, d'en donner à profusion ; mon grand-père l'avait compris, ma grand-mère l'avait réalisé, ma mère l'avait sublimé, et mon père, lui, ne l'avait jamais fait. Inconsciemment, je voulais peut-être réparer ce maillon manquant.

J'ai débarqué dans l'apprentissage comme on ouvre la porte d'une grande cuisine gastronomique à l'ancienne, sans repère familial, sans filet. J'étais tétanisé. Vieille école : on criait avant de parler, on jugeait avant de former. J'ai tenu parce que j'avais connu plus dur. Une enfance cabossée forge une cuirasse ; la peur et la déception, je les avais déjà croisées, je savais les regarder en face. Je me suis accroché à cet espoir de passion comme un gamin cramponné à la rambarde pour ne pas retomber dans ce qu'il fuyait.

Dès le premier jour, on t'appelait par ton nom de famille. Quand tu avais de la chance... Personnellement, j'étais plus habitué au brutal : « TOI, LÀ ! ». Puis, les bizutages démarraient. On nous envoyait chercher le mystérieux bac à salade. On traversait tout le centre-ville, on poussait les portes des autres restos, je tendais une liste écrite à la hâte. Les chefs complices éclataient de rire : le bac n'existe pas. Tout cela était un jeu pour eux. Et retour à la case départ, joues rouges. On enchaînait, il fallait ensuite trouver l'échelle pour monter les blancs ou encore l'huile de coude. J'y croyais, je courais, je me faisais avoir à chaque fois. À l'époque, il n'y avait pas Internet pour vérifier ; c'était un autre monde, fondé sur la tête baissée et l'obéissance.

La sanction suivante, c'était le chariot de casseroles en cuivre crasseuses ou plutôt LES chariots. On nous glissait la recette magique : vinaigre, farine, gros sel, jus de citron. Ces ingrédients mélangés formaient une espèce de pâte. On me dit : « Frotte ». L'après-midi entier, je pétrissais cette texture abrasive, je la passais sur chaque pot, chaque manche, chaque couvercle. L'odeur acide me piquait les yeux, la peau de mes mains se fissurait parfois et les larmes finissaient par couler. On ne me regardait même pas, seul le résultat comptait, et, à mesure que le métal retrouvait sa couleur originelle, je découvrais finalement que l'acharnement payait. Cela n'en était pas moins traumatisant.

Les jours s'écoulaient sur un tempo implacable. Réveil à l'aube. Petit-déjeuner frugal, à peine de quoi tenir. Puis direction les chambres froides. On me désignait un carré à désosser, un filet à lever, un artichaut à tourner. Si la lame dérapait, la pièce finissait à la poubelle. Pas de remarque, pas d'explication : on en prenait une autre et on recommençait. Je préférais cela aux interminables épluchages de légumes qui avaient marqué mes premières semaines. À midi, si la planche n'était pas impeccable, on pouvait nous demander de rester en bas, tandis que la brigade montait en salle. Ce n'était pas une punition, mais une méthode : c'est ainsi que l'on apprenait.

Le service du soir éclatait comme un orage réglé au millimètre. Les tickets claquaient sur la rampe, un claquement sec, répété, qui battait la mesure. Les sauteuses frappaient l'acier, l'huile éclatait en gouttelettes brûlantes, et la chaleur faisait vibrer l'air. J'étais souvent affecté à la garniture. C'est là que j'ai appris qu'un poivron mal taillé pouvait déséquilibrer un plat entier. Alors, je respirais, j'alignais les lamelles, je rectifiais. La peur se resserrait dans ma poitrine avant de se transformer en tension pure. Chaque assiette qui partait était plus qu'un plat : c'était un morceau de moi, une tentative de rattraper, de réparer. J'y mettais mes gestes, ma sueur, parfois mes larmes... et toujours mes espoirs.

La journée ne se s'achevait jamais avant minuit. Restait alors le lot habituel de corvées : la plonge, le dégraissage des hottes, le sol à récurer jusqu'à ce qu'il brille. Ensuite seulement, direction l'étage. Les « logements » : une grande pièce nue, sans cloison, béton brut incrusté de galets qui vous marquaient le dos même malgré le matelas mince posé à même le sol. Franchement, c'était pire que l'armée. Une seule douche, un seul W.-C pour tous. L'eau sans pression, l'intimité inexistante. Certains craquaient. Moi aussi, parfois. Mais je me ressaisissais vite, les dents serrées, en me répétant que ce manque finirait par devenir ma force.

Mes premiers salaires d'apprenti s'élevaient à 348 francs (53 euros à peine). Je les gardais précieusement, je ne dépensais rien, pas un centime ! Je refusais les cigarettes qu'on proposait, je déclinai les sorties et les bières d'après-service. Je voulais avancer. Alors, j'ai commencé à prendre des extras : serveur en brasserie, garçon de café, commis sur les banquets. Très vite, j'ai compris que les pourboires ne tombaient qu'à condition de sourire, d'être un minimum avenant et de regarder le client dans les yeux. Un défi pour le jeune homme timide et réservé que j'étais. Mais je m'y suis forcé, j'ai appris à m'ouvrir, à aller vers les autres, et peu à peu, j'y ai pris goût. J'apprenais aussi à articuler deux mots clairs, même au bord de l'épuisement. Chaque pièce glissée dans ma poche pesait moins qu'une blessure d'orgueil enfin refermée. Je grandissais. J'avais la sensation de devenir un homme, et surtout de me rapprocher de mon but.

Oui, ce sont des souvenirs inoubliables... mais d'une dureté extrême. C'en était presque traumatisant. Les semaines s'étiraient en mois, les brûlures s'ajoutaient aux coupures, traçant sur mes mains une cartographie de blessures. Les chefs criaient, quelquefois juste pour tester notre capacité à encaisser. Derrière chaque insulte, chaque humiliation, je cherchais la moindre indication technique à saisir. Mon obstination faisait naturellement le tri : certains bizuteurs finissaient par s'épuiser et m'ignorer, d'autres lâchaient un sobre « bien » quand le plat sortait impeccable, net et sans bavures.

Ma technique s'affinait et, avec le temps, les tâches devenaient un peu moins ingrates... mais je continuais de récurer des cuivres. Toujours la même pâte, la même odeur métallique et tenace. Des chariots entiers passaient entre mes mains. Parfois, les larmes montaient encore, mais elles se tarissaient plus vite. À force de polir, j'apprenais la constance : le cuivre ne brillait que si l'on insistait partout, jusque dans les recoins, pas seulement là où c'était facile.

Au-dessus, le dortoir gardait sa rudesse. Le béton brut, semé de galets, s'invitait dans mon sommeil : il suffisait d'un mouvement un peu vif pour qu'ils s'enfoncent dans mon dos et me réveillent en sursaut. Allongé dans l'obscurité, je laissais mes doigts en compter quelques-uns, comme pour détourner la douleur. Alors, mon esprit repartait en cuisine. Je revoyais la lame suivre l'os d'un carré d'agneau, je sentais sous mes paumes la résistance souple d'une pomme de terre qu'on tourne avec précision. Dans ce demi-sommeil, les gestes se répétaient, nets, parfaits... jusqu'à ce que la fatigue m'emporte de nouveau.

Je continuais d'économiser chaque centime. Quand la somme atteignait un petit palier, je n'achetais qu'une seule chose : un couteau, le mien, rien qu'à moi. Aucun autre achat. Mon seul loisir, le soir, consistait à l'affûter sur un morceau de pierre coincé sous mon talon, en frottant la lame contre le béton. Le chuintement régulier me calmait mieux que n'importe quelle musique. Il m'arrivait d'emprunter quelques livres à mon grand-père, remède efficace pour m'évader. Malgré la dureté de l'apprentissage, je ne peux pas dire que j'étais malheureux. J'étais porté par une motivation tenace : je ne voyais que mon objectif. Les remarques, je les encaissais, les transformais, n'en gardant que ce qui pouvait me faire progresser.

Un jour, on m'a confié la surveillance d'une sauce. Personne derrière mon épaule : c'était à moi de gérer. J'étais fier, presque grisé par cette responsabilité nouvelle. Je remuais, je goûtais, j'ajustais le sel et l'acidité avec minutie. Puis le chef est passé. Sans un mot, il a plongé la cuillère dans la casserole, l'a portée à ses lèvres...

a avalé, et s'est éloigné. Silence total. Ce silence me parut interminable, presque insupportable.

Ce n'est que plus tard que j'ai compris : c'était sa façon de valider. Un accord muet, mais réel. J'ai conservé ce souvenir comme un repère invisible, une petite victoire qui m'accompagne encore aujourd'hui… et qui me rappelle, à mon tour, de ne jamais laisser un apprenti dans ce doute-là. Car, au fond, c'était une vraie leçon de vie.

L'enveloppe de mes salaires d'apprenti commençait à gonfler. Les extras s'enchaînaient. Les paupières brûlaient de fatigue, mais l'objectif restait clair : quitter enfin le dortoir, gagner un verrou, un matelas lisse. Je ne rêvais pas d'une grande chambre, juste d'un espace à moi. Je me disais que le jour où j'aurais les fonds, je descendrais l'escalier avec mon sac et je partirais sans me retourner. Ce serait peut-être un studio minuscule, mais j'y aurais mon lit, mon évier, ma porte et ma clé dans la poche. Je m'imaginais déjà dormir d'une traite, sans sentir un de ces maudits galets s'enfoncer sous mon omoplate. Et le lendemain matin, revenir devant la planche, plus aligné que jamais. Mon nom ne serait plus hurlé à travers la cuisine… et je serais le plus heureux des cuisiniers. Peut-être même un chef. Dans les rêves, tout est possible. Et j'allais bientôt comprendre que, parfois, la vie sait faire pareil.

Je continuais d'économiser. J'avais des ambitions pour la suite et je caressais déjà le doux rêve d'être patron de mon établissement. J'avais compris que la rudesse d'un service pouvait se muer en pur bonheur pour le client, à condition d'y mettre chaque gramme d'abnégation. C'est ce que je faisais alors, et ce que je fais encore aujourd'hui, jour après jour, assiette après assiette.

J'ai ensuite intégré la Maison Familiale Rurale de Cologne, dans le Gers. En pension, j'y ai trouvé ce qui allait devenir le véritable point de départ de mon parcours. J'y ai croisé des professeurs hors du commun, des passionnés qui m'ont transmis bien plus qu'un savoir-faire : un savoir-vivre. Là-bas, j'étais heureux, à ma place. Avec le recul, et fort de l'expérience acquise depuis, je reste convaincu que le Gers est un terrain exceptionnel, imprégné d'un esprit profondément « paysan » où l'authenticité guide chaque geste. D'ailleurs, je refuse que ce mot soit employé de façon péjorative. Un paysan, c'est quelqu'un qui offre un produit d'exception, le meilleur de son savoir-faire et la météo lui permettent de réaliser. C'est aussi une manière unique de vouloir, et de savoir, transmettre son talent. Dans le Gers, c'est partout comme ça. Ce département m'a profondément marqué : là-bas, on demande toujours « est-ce que c'est bon ? », « est-ce que *ce* produit est bon ? ». On y valorise vraiment le goût, la provenance, la qualité des canards aux volailles, jusqu'aux grains qui les nourrissent, chaque étape compte. Par exemple, la différence entre un foie gras blanc et un foie gras jaune tient simplement… à la couleur du maïs : blanc ou jaune. Oui, vraiment, le Gers est sans doute l'un des plus beaux terrains de jeu pour un chef, car on y vit le circuit court dans toute sa vérité. Pas de détours, pas d'intermédiaires. C'est là qu'André Fagedet m'a beaucoup appris. Un chef jardinier, à la tête du château de Larroque, un lieu exceptionnel où les conditions étaient idéales. C'est là que j'ai découvert ce que voulait dire travailler dans un vrai circuit court.

Puis est venu le temps des stages en entreprise. Et là, j'ai plongé dans un autre monde : celui des cuisines gastronomiques. Comme tous les débutants, je me suis vu confier les tâches les plus ingrates, celles que j'avais déjà enchaînées pendant des semaines : éplucher les oignons, nettoyer les légumes. C'était le jeu. Parfois, le découragement pointait. Mais je savais que c'était un passage obligé. Alors j'ai travaillé comme un acharné.

Vous l'aurez compris, mon apprentissage fut rude : des journées de quinze heures, parfois plus. Mais je ne comptais ni le temps, ni les efforts, ni les sacrifices. La cuisine était ma passion, ma raison d'être. Un homme a marqué un premier tournant dans ma carrière : André Daguin. Un géant de la cuisine française, doté d'une aura incroyable. C'est lui qui, dans les années cinquante, inventa le magret de canard grillé. À ses côtés, j'ai appris à travailler le canard, l'oie, la volaille et, bien sûr, le foie gras. En réalité, il m'a transmis tout le savoir-faire gascon qui m'anime encore aujourd'hui. Son respect du produit forçait l'admiration. Il pouvait tenir un simple légume dans la main et lui insuffler une âme, ce qui nous rendait humbles et nous rappelait notre place : nous étions les serviteurs de ces saveurs. C'était un autre monde… mais un monde exigeant. Très exigeant.

André Daguin m'a appris l'humilité, mais aussi la discipline et la rigueur. Et il y a un matin que je n'oublierai jamais. Deuxième semaine de stage. Je devais être là à 7 h 15 précises. Ce jour-là, je suis arrivé à neuf heures La cuisine tournait déjà à plein régime. Les casseroles claquaient, les ordres fusaient. Et moi, planté dans l'encadrement de la porte, je savais que j'étais en faute. André Daguin s'est avancé. Son regard m'a transpercé. Puis, devant toute la brigade, une vingtaine de cuisiniers, il m'a fustigé, sa voix couvrant le vacarme des fourneaux. Chaque mot tombait comme un couperet. C'était humiliant. Mais c'était juste.

Ce matin-là, j'ai appris ma leçon. Depuis, je n'ai plus jamais été en retard de ma vie. Jamais.

Ses paroles étaient dures mais portaient une forme d'affection. Mes chefs ont toujours été pour moi des figures paternelles. Je m'autorisais parfois une plaisanterie ou un sourire, mais le sérieux reprenait vite le dessus. Parfois, je pouvais me permettre une familiarité, car j'étais un bon élément et, surtout, tous savaient le respect profond que je leur portais.

Ils m'ont façonné, transmis des valeurs solides : rigueur, respect, dépassement de soi. La cuisine, c'est un sport d'équipe, un sport de combat... mais surtout, un sport de transmission.

J'ai aussi la chance de vérifier cela auprès de Bernard Bach, chef deux étoiles, qui avait notamment un restaurant étoilé en Corse, à Porto-Vecchio. Chez lui, j'ai mis un pied en Méditerranée : langoustines juste grillées, huiles chargées d'agrumes, assaisonnements d'une précision chirurgicale. Finesse incroyable, exigence extrême. On reprenait les fondamentaux : fumets, consommés, fonds, forcément maison. À sept heures, on goûtait un jus de moule ou d'huître, mieux valait avoir l'estomac solide.

Bernard Bach m'a aussi emmené sur les « décades gastronomiques », ces services à quatre mains avec des pointures comme les frères Jacques et Laurent Pourcel, dans leur établissement de Montpellier. Pression maximale, créativité en rafale : des moments gravés à jamais, où les plus grands chefs partageaient leur savoir-faire sous nos yeux. Pour un jeune comme moi, c'était magique : j'étais émerveillé comme un enfant devant un sapin de Noël.

C'est dans son nouveau restaurant étoilé de Pujaudran, *Le Puits Saint-Jacques*, dans le Gers que j'ai découvert la cuisine méditerranéenne. J'en suis tombé amoureux, un véritable coup de foudre : la sensation d'avoir trouvé mon âme sœur. Les couleurs étaient aussi folles que variées : le jaune incandescent des citrons, le rose corail des pamplemousses, les verts tendres des herbes fraîches, le violet presque noir des aubergines. À chaque marché, je me retrouvais face à des pyramides d'agrumes, à des sels parfumés qui sentaient la crique, à des légumes gorgés de soleil. Partout, on percevait la légèreté italienne et la fraîcheur grecque.

Très vite, j'ai compris que cette cuisine était, pour moi, le socle de tout : de l'équilibre, du goût, de la santé. Une cuisine saine, vraie, où presque tout respire la justesse. Regardez une salade grecque : quelques morceaux de concombre, un peu de feta, un filet d'huile d'olive... et l'assiette se met à chanter. Prenez une dorade grillée au citron : deux tours de bras sur le gril, et vous voilà transporté sur les rivages méditerranéens, comme si le temps n'existait plus. Cette évidence des saveurs est devenue mon cap.

La Grèce, L'Italie... Leur simplicité, leurs saveurs : c'est ça, la vraie vie ! Les Génois nous ont transmis le pesto, que nous appelons en Provence le pistou. Né dès le XIVe siècle, il a su traverser le temps et continue d'enchanter nos assiettes. La différence est que dans le pistou, nous ne mettons pas de fromage, et les pignons de pin ne sont pas obligatoires.

« La bonne cuisine est la base du véritable bonheur », disait le grand chef Auguste Escoffier. C'est vrai. Quand on dort bien et que l'on mange bien, on a déjà fait cinquante pour cent du job ! Eh bien, ce n'est pas lui qui m'a appris cela ; ce sont bel et bien mes grands-parents, ma mère... et cette fameuse cuisine méditerranéenne.

Depuis, je garde ce credo positif et dynamique : mettre en avant des produits francs, ajuster l'assaisonnement, laisser parler la couleur. C'est la voie que je poursuis, assiette après assiette.

Oui, j'ai eu la chance de croiser des chefs hors du commun. Chacun portait un univers, une personnalité bien à lui. André Daguin, charismatique et rigoureux. Bernard Bach, précis et exigeant. Thierry Marx, un homme que j'admire profondément. Un charisme naturel, une autorité silencieuse : pas besoin de hausser la voix pour imposer le respect. L'autorité dans le calme, une main de fer dans un gant de velours. Une vraie leçon d'humanité. J'ai aussi découvert des produits nobles, que je n'aurais jamais eu les moyens de cuisiner chez moi : la truffe, le foie gras, les langoustines... Un monde nouveau s'offrait à moi, et j'étais fasciné. Mais toujours, une chose restait sacrée : le respect du produit et l'amour du travail bien fait. Aujourd'hui grâce à toutes ces expériences, je clame haut et fort : dis-moi comment tu cuisines, je te dirai qui tu es. J'avoue, cela n'est pas de moi mais de Brillat-Savarin, et je suis tout à fait d'accord avec lui : la cuisine révèle l'âme des gens.

2

9 JUIN 2004, LE JOUR OÙ TOUT A COMMENCÉ

Je n'avais pas encore vingt ans et je touchais du doigt ce rêve que je ruminais depuis l'enfance : ouvrir mon premier restaurant. L'apprentissage officiel était terminé, enfin, du moins la partie sanctionnée par un diplôme. Mais au fond de moi, j'en étais sûr : l'apprentissage, le vrai, dure toute une vie. Pendant des années, j'avais mis chaque centime de côté : paies d'apprenti, extras de nuit, pourboires glissés en douce dans une enveloppe au fond d'un tiroir de cuisine.

Dix-huit mille euros. Dix-huit mille euros de sueur, d'obstination, de services en double et de nuits trop courtes. Ce n'était pas grand-chose pour monter une affaire, c'était une fortune pour le gamin que j'étais.

Je cherchais un lieu qui résonnerait en moi comme un diapason. Toulouse m'a fait vibrer d'instinct. En arpentant les rues de la ville rose, je me suis soudain arrêté 21, rue Perchepinte, devant une façade ancienne, un grand demi-cercle de bois veiné, sans doute du XVIIe siècle. J'ai posé la main sur la vitre couverte de poussière. J'ai senti passer quelque chose, une petite décharge brève, mais familière. En me renseignant, j'ai appris que l'endroit avait autrefois abrité un commerce, puis un restaurant gersois. Et surtout, qu'en 1936, Fernandel y avait tourné un film. Le Gers. Fernandel. Deux repères de mon enfance. J'ai pris ça pour un signe. J'ai franchi la porte. À l'intérieur, la voûte de briques roses diffusait un écho feutré. Les briques se teintaient d'ocre sous certaines lumières. Le sol gardait la fraîcheur d'une cave. J'ai fermé les yeux... et j'ai vu les tables, les reflets sur les verres, la poussière suspendue dans le faisceau des spots. C'était ici. Et nulle part ailleurs.

Restait à réunir l'argent manquant. Je suis entré dans une première banque, mes économies rangées dans une vieille chemise cartonnée, la certitude bien ancrée dans la poitrine. Le refus est tombé, net, sans détour : pas assez d'apport, pas d'historique, trop jeune. Le deuxième conseiller a à peine levé les yeux : il hochait déjà la tête avant même que j'aie fini ma phrase. Le troisième s'est excusé presque poliment. Le dossier manquait de garanties. Je ressortais, le visage fermé, je marchais vite pour masquer la gifle. Puis je recommençais un peu plus loin. Je craignais que le rêve se dissolve dans la poussière du trottoir, qu'on me claque la porte au nez jusqu'à ce que j'abandonne. Au bout d'une semaine de refus, un conseiller a enfin pris le temps de m'écouter. Je lui ai parlé des dix-huit mille euros raclés à la tâche, des mains écorchées, des nuits à faire des extras, de l'obsession tenace. Il m'a tendu la main qui manquait. Prêt accordé. Contrat signé. Et l'air est revenu dans mes poumons.

Le chantier a commencé aussitôt. J'avais embauché quelques ouvriers, mais je n'avais pas les moyens de rester spectateur des travaux. J'ai aidé à déposer les cloisons, à dégager les gravats, à poncer les poutres pour réchauffer le bois. Mon énergie suppléait la faiblesse de mes épaules.

Je sautais des repas : d'abord par économie, ensuite parce que l'excitation fermait mon estomac. Je rentrais tard, je calculais les coûts, je comparais les prix d'une salamandre et d'un four d'occasion, je mesurais l'espace pour que la plonge ne gêne pas le passage du service. Certaines nuits, je rêvais le menu en boucle : cinq entrées, cinq plats, cinq desserts, pas un de plus, pas un de moins, la précision d'une lame neuve. J'avais à cœur de montrer qui j'étais et ce que j'avais dans le ventre.

La veille de l'ouverture, la fatigue est montée comme une marée. Dans l'air flottait encore l'odeur du plâtre frais, dissimulée sous la peinture. Des artisans sont venus poser l'enseigne, des lettres sobres : *Le Valentin*. J'ai traversé la rue, et je me suis assis sur le trottoir, les bras croisés sur les genoux. J'ai pleuré. La soupape venait de céder. Des mois à encaisser les refus, les devis, les comptes d'apothicaire... Il fallait bien que ça sorte. Quelques instants d'effondrement, légitimes. Je regardais les lettres briller sous un lampadaire, et je me disais avec assez de détermination, les rêves finissent toujours par devenir visibles.

Le 9 juin s'est levé sur un ciel clair. À six heures, j'étais déjà derrière la porte. Eau à la bouilloire, premier café noir, puis inventaire. Le frigo ronflait un peu trop fort, la hotte n'aspirait pas assez, mais tout était propre, prêt. La carte tenait sur une page : cinq entrées, cinq plats, cinq desserts. Le plat phare, celui que je rêvais de rendre iconique, c'était ma tatin de foie gras : un disque de pâte fine cuit à blanc, le foie gras saisi à la poêle, la pomme fondue à la vanille, une mousseline de céleri fouettée jusqu'à la texture satin, et une chips de céleri croustillante pour la note sèche. En salle, peu de couverts. Je voulais que chaque assiette soit irréprochable.

Puis les premiers clients sont arrivés. MES clients. Fierté immense. Et un stress à la hauteur. Des couples, des collègues, des amis. Je les ai accueillis avec le sourire, les mains qui tremblaient malgré moi. La mise en place filait dans ma tête comme une formule répétée en boucle : céleri à gauche, pommes dans le poêlon, beurre clarifié prêt. Les premières commandes ont claqué, timides. Un coup de feu minuscule, mais c'était déjà ça. J'ai dressé la tatin, posé la chips bien droite, envoyé. Depuis la porte de la cuisine, je regardais : la fourchette qui s'enfonce, la vapeur qui s'échappe, le premier sourire. Une vague est montée dans ma poitrine : ça fonctionnait. En fin de service, plusieurs tables avaient déjà réservé pour le lendemain. Le soir même, on remplissait à nouveau. Le bouche-à-oreille est allé plus vite que je ne l'aurais cru. À la fin de la première semaine, on refusait déjà des couverts. Les voisins parlaient d'« un petit endroit à tester absolument ». La presse locale a griffonné une brève. J'ai lu mon nom dans le journal avant de ranger les casseroles. Je l'ai soigneusement pliée, glissée entre deux assiettes propres : il fallait que je la garde intacte pour ma mère. Elle allait être si fière.

Dans les jours et les semaines qui ont suivi l'ouverture, le rythme s'est emballé. J'arrivais avant l'aube, je repartais après minuit. Je dormais parfois sur une banquette, tablier encore noué, un torchon sur l'épaule. Les bilans tenaient sur un cahier d'écolier : colonnes de chiffres, colonnes de stocks, colonnes de réservations. Je passais les commandes, je faisais la mise en place, parfois le service, souvent la plonge. Les mains se crevassaient. L'estomac restait vide. Le cœur battait plus fort que tout le reste. Chaque assiette envoyée était une réponse silencieuse aux banques qui avaient douté. Chaque sourire de client recouvrait le bruit sourd des dalles qu'on avait dû casser pour en arriver là.

Je tenais à ce que *Le Valentin* soit un restaurant doux, romantique... Par son nom, bien sûr, mais aussi par son atmosphère. Je recevais beaucoup d'amoureux, et chaque année, la Saint-Valentin affichait complet. Si bien que chez moi, la fête durait trois jours. J'en ai vu, des déclarations, des demandes en mariage, toujours avec la même émotion. Mais un jour, une démarche m'a particulièrement marqué. Je venais à peine d'arriver au restaurant quand mon téléphone a sonné. Numéro étrange, commençant par 881. Intrigué, j'ai décroché : c'était un appel par satellite. Au bout du fil, un jeune soldat français, en poste en Afghanistan. Il allait revenir en France dans les prochains jours et voulait faire une surprise à la femme qu'il aimait. Elle ignorait tout de son retour. Il comptait la retrouver et l'emmener dîner chez moi. Il ne pouvait pas verser d'acompte. Peu importe. J'ai dit oui sans hésiter, touché en plein cœur. Je savais ce qu'il préparait. J'aurais poussé les murs pour les accueillir. Le jour J, j'étais honoré de voir ce couple franchir la porte du restaurant. Tout au long du dîner, je passais discrètement une tête, veillant à ce que tout se passe bien. Leurs sourires, leurs gestes et leurs regards complices... Ils étaient beaux, tout simplement. Fous d'amour. Et puis, soudain, il s'est levé. Plongé dans les yeux de la jeune femme, il s'est mis à genoux et lui a demandé sa main. Un instant suspendu. Magique. J'étais bouleversé que *Le Valentin* soit le théâtre d'un moment aussi fort. Ils m'ont longuement remercié à la fin de la soirée. Mais en réalité, c'est moi qui leur dois quelque chose : ils m'ont offert un souvenir inoubliable.

C'était ça *Le Valentin* : de l'amour et de l'émotion à profusion. Très vite, il s'est hissé dans le Top 3 des meilleurs restaurants du centre-ville de Toulouse. Je n'aurais pas pu rêver mieux pour débuter ma carrière. Un soir, alors que je frottais encore des casseroles, un vieil ami d'apprentissage est passé déposer une bouteille. Il a baladé un regard lent sur la salle, la voûte, l'enseigne... puis il a dit simplement : « Tu vois, ça tient debout. » J'ai senti le rideau d'émotion remonter d'un coup. J'ai repensé aux dix-huit mille euros d'obstination. Ils n'achetaient pas que des murs : ils avaient payé la preuve que la sueur peut se transformer en lumière. *Le Valentin* faisait parler de lui. La presse locale relayait les échos, et des personnalités commençaient à s'y attabler : des artistes, des politiques, des ministres parfois. Et moi, j'étais là, fier d'être jugé par des palais qui avaient connu bien plus grand que moi. Fier de tenir la distance.

Je savais que *Le Valentin* ne serait qu'un début. Je le glissais parfois, en fermant l'établissement, un demi-sourire aux lèvres : « Celui-ci est mon pilote. D'autres suivront. » Ce n'était pas une boutade, mais une promesse. Une promesse faite au gamin qui avait compté chaque centime, à l'apprenti qui avait récuré des cuivres jusqu'aux larmes. Le 9 juin 2004 resterait gravé comme la date où l'effort avait pris la forme d'une clé, et d'un prénom au-dessus d'une porte. Je n'avais pas encore vingt ans, et pour la première fois, j'ai compris que la fierté pouvait tenir dans une simple assiette ronde, réchauffée par la lumière tremblante d'un néon tout neuf.

Chaque soir, je refermais la salle, j'éteignais la dernière bougie, puis j'écoutais le silence. Dans la pénombre, on aurait dit que la voûte de briques respirait doucement. Je tombais de sommeil mais cette satisfaction-là, cette adrénaline, pouvait me porter jusqu'à l'aube. Et c'était souvent ce qui se passait. Quelques heures de repos me suffisaient. J'étais porté par le défi, par cette énergie brute que le restaurant faisait naître en moi. J'en avais à revendre. Pour me canaliser, je faisais de la musculation. Encore de la sueur, encore des efforts. Et ces semaines entières de dialogues intérieurs, sans témoins. Je commençais toujours par cette même question, en boucle dans ma tête : « Que vas-tu faire aujourd'hui pour sublimer cette journée ? Pour la rendre plus intense, plus vivante que la veille ? »

J'avais mille idées à la minute. Pour mes menus, l'objectif restait toujours le même : sublimer les fruits, légumes et viandes des producteurs du coin. Une démarche gagnant-gagnant : j'étais sûr d'offrir à mes clients le goût et la qualité optimale, tout en me faisant un nom parmi les commerçants toulousains. Je n'arrêtais jamais. Pas de week-ends, pas de vacances. Il m'aurait fallu des journées de quarante-huit heures... mais j'étais heureux. Chaque service était un défi, et j'avais soif de plus encore. J'étais très jeune, mais déjà en train de devenir un homme de défis. Et puis, m'engloutir dans le travail, multiplier les projets, m'enivrer d'efforts, c'était aussi une manière de tenir à distance mes zones d'ombre.

À vingt ans, j'avais déjà ouvert mon premier restaurant semi-gastronomique. Mais une autre branche me faisait de l'œil : la brasserie. Quoi de mieux qu'une bonne brasserie pour un déjeuner entre amis ou un afterwork entre collègues ? C'est le lieu de convivialité par excellence... et si, en plus, on y mange bien, avec les meilleurs produits du coin, on n'a plus envie d'en repartir. *Le Valentin* ayant tout de suite trouvé son public, j'ai pu, en deux ans, mettre de côté assez de fonds pour envisager un nouveau projet. Impossible toutefois d'assumer seul cette nouvelle aventure : je devais déjà faire tourner un établissement. C'est là que mon tout nouveau tempérament d'entrepreneur a pris le dessus : la solution était de m'associer. Restait à trouver quelqu'un de confiance. En écrivant ces lignes, j'ai le sourire. « *Quelqu'un de confiance* » ... Ces mots, dans ma bouche, auraient sans doute le pouvoir de faire éclater de rire ma mère ! Selon elle, je vis dans « *le monde des Bisounours* ». Je ne peux qu'acquiescer, j'ai tendance à accorder ma confiance très facilement, parfois trop. Et oui, cela me jouerait des tours quelques années plus tard. Je crois tellement en l'humain que je laisse toujours la bienveillance prendre le dessus. J'ai foi en la lumière qui se cache en chacun de nous. Peut-être aurais-je dû, à certains moments, rester davantage sur mes gardes, cela m'aurait évité bien des tracas. Mais je suis comme ça. Quoi qu'il en soit, j'ai eu la chance de tomber sur quelqu'un de fiable pour m'associer dans l'ouverture de mon deuxième restaurant. Mon objectif était clair : proposer une vraie cuisine traditionnelle, sublimée par des produits si frais qu'on aurait presque pu les entendre chanter dans l'assiette.

C'est ainsi que j'ai découvert ce joli lieu, au 6 rue des Prêtres, toujours dans cette belle ville de Toulouse. Un endroit étonnant, qui semblait me raconter une histoire à travers son décor. Il était inspirant... presque *aspirant*. Je voyais déjà ce qu'il pouvait devenir. Son architecture, proche du style haussmannien, donnait l'impression d'entrer dans un cube parfait. Dans ma tête, les murs se teintaient de rouge, ma couleur préférée à l'époque. *Le Carré Rouge*. C'était une évidence.

J'étais très excité, mais moins effrayé. Et, comme si ce n'était pas encore suffisant, je voulais lancer en parallèle, une activité de traiteur. J'aimais cette idée d'accompagner les clients autrement, en sublimant leurs repas chez eux, en famille, entre amis, ou lors d'événements qui leur tenaient à cœur. Pour moi, la générosité, c'est aussi cela : ne pas se cantonner aux fourneaux, mais partager de vrais moments. Comme ceux que je vivais gamin, avec mes grands-parents et ma mère. Une personnalité, un compliment, une gentillesse, de la bienveillance et... la présence. Cinq ingrédients que l'on retrouve dans un menu. Ça, c'est la vraie vie.

Et enfin, *Le Carré Rouge* a vu le jour. Mobilier simple, dominé par le noir. Vaisselle et présentations épurées. Il était temps de revenir aux bases. Les mets trop compliqués, les intitulés à rallonge, les produits tellement transformés qu'on ne sait plus ce que l'on mange... J'en étais déjà lassé. Il fallait un décor en accord avec cette philosophie. J'ai immédiatement pensé au rouge : une couleur primaire, celle de la passion, de la force, de l'ambition et, à l'époque, ma préférée. Nous l'avons distillée par petites touches, juste assez pour inviter les clients dans notre univers, tout en douceur. Car, malgré la force et l'ambition qui caractérisent le Lion que je suis, la douceur reste mon véritable leitmotiv. Cette fois, l'ouverture a été plus rapide : je n'étais pas seul et, du haut de mes vingt-deux ans, déjà un peu plus aguerri. Toujours très jeune, oui... mais j'ai compris depuis longtemps que la réussite n'est pas une question d'âge. C'est une question d'envie. Si tu sais ce que tu veux, si tu visualises tes objectifs à court et long terme, rien ne peut t'arrêter. Il suffit de se donner les moyens. Il y a toujours une solution pour atteindre son but. Aujourd'hui, je suis bien plus philosophe qu'au début des années 2000. Et depuis quelque temps, une phrase m'accompagne : « Ce n'est pas le résultat qui compte, c'est le chemin parcouru. » Merci Oscar Wilde. Les événements s'étaient enchaînés à toute vitesse, mais j'avais déjà l'impression d'avoir vécu mille vies. *Le Carré Rouge* représentait une nouvelle concrétisation, une preuve supplémentaire que je pouvais atteindre tout ce que je me fixais... Mieux encore : Que tout le monde peut y arriver, avec du travail et de l'abnégation.

Les mois ont filé comme des services sans pause. *Le Carré Rouge* a, lui aussi, trouvé son rythme très vite : deux cuisines, deux salles, une équipe dédoublée, et toujours la même faim d'aller plus haut. Tout tournait à plein régime. Les critiques étaient dithyrambiques, les guides évoquaient une « *énergie rare* », et les réservations affluaient avant même que j'aie eu le temps de changer la carte. J'avais ajouté une activité de traiteur, et chaque cocktail livré confirmait que mon nom circulait dans la ville aussi vite qu'un parfum de poulet rôti qui traverse un quartier.

À vingt-trois ans, j'étais devenu le benjamin de l'Association des restaurateurs de Toulouse. Sièges en velours, à la marie du Capitole, lieu symbolique, toulousain et emblématique, réunions feutrées, poignées de main qui claquent. Le maire, Jean-Luc Moudenc, se montrait protecteur : il m'introduisait auprès des anciens et rappelait mon âge à ceux qui l'oubliaient. Ces appuis me portaient moralement. J'avais la tête dans le guidon, rarement le temps de prendre du recul. Je vivais une euphorie comprimée, avec la sensation étrange de courir plus vite que mes propres jambes.

Puis un matin, en ouvrant *La Croix*, mes yeux sont tombés sur cette phrase, plantée au milieu d'une colonne : « *Valentin Néraudeau devrait retourner dans son bac à sable plutôt que de jouer dans la cour des grands.* » Une ligne. Pas plus. Signée d'un critique gastronomique qui ne m'avait jamais adressé la parole. J'ai relu, incrédule. Mon estomac s'est noué, mes mains tremblaient comme au premier service. J'avais déjà encaissé des remarques, mais jamais un coup aussi sec. Pendant quelques secondes, j'ai senti tout l'édifice vaciller. Ego piétiné. Fierté écorchée. Colère sourde. J'avais accumulé des titres, des louanges... et il suffisait d'une seule phrase pour faire éclater la bulle.

Toute la journée, j'ai porté cette phrase comme un caillou dans la chaussure. En cuisine, chaque ordre résonnait plus fort, plus sec. Chaque assiette me paraissait soudain fragile, prête à se briser au moindre faux pas. Et si ce critique avait raison ? Et si je n'étais qu'un gamin jouant avec des casseroles trop grandes pour lui ? Le soir, j'ai refermé la porte du *Carré Rouge* en dernier. Clé laissée dans la serrure, dos au mur, le regard perdu sur les colonnes blanches du carrelage. Les questions se sont enchaînées : fallait-il ralentir ? Renoncer ? Vendre ? Puis, peu à peu, la colère a laissé place à une lucidité neuve. Ce journaliste venait de me rappeler qu'ici, en cuisine, rien n'était jamais acquis.

J'ai décidé de transformer cette flèche en outil. J'ai relu les fiches techniques, ajusté le sel d'un jus, supprimé un ingrédient trop bavard, traqué l'imprécision. J'ai réuni la brigade : pas de discours vengeur, juste une ligne de conduite claire. Nous franchirions ce cap en affinant chacune de nos décisions. Chaque matin, je relisais la phrase. Puis je la glissais dans la poche de mon pantalon, comme un rappel : travailler plus juste, plus clean, chaque jour.

Un an plus tard, nous organisions une conférence de presse pour présenter mon travail et annoncer l'obtention d'un trophée local. Les invitations étaient parties à toute la galaxie culinaire : chefs étoilés, fournisseurs emblématiques, journalistes influents. Parmi eux, j'avais fait inscrire, sans hésiter, le nom de celui qui m'avait renvoyé au bac à sable. Le jour venu, il est arrivé avec ce sourire léger et cette poignée de main facile. Je l'ai accueilli d'un signe de tête poli, puis je me suis concentré sur l'essentiel : exposer ma cuisine, montrer l'évolution, partager la flamme. Pas un mot de plus. Ne pas prononcer son nom. Mon travail parlerait pour moi. C'était la seule réponse possible !

Je l'ai vu goûter, lever un sourcil intrigué, puis poursuivre sa dégustation avec une application presque studieuse. Je n'attendais plus son verdict : sa présence suffisait à fermer la boucle. Ce soir-là, en rangeant les verres, j'ai glissé la coupure du journal dans la chemise où s'alignaient désormais des articles bienveillants. Elle tenait toujours, nécessaire rappel, mais elle n'avait plus le même poids. Elle ne blessait plus : elle rappelait simplement qu'un cuisinier se forge aussi dans la contradiction.

Ces événements, ces mots blessants, ont laissé un pli durable dans ma façon de penser : écouter la critique, la filtrer, n'en garder que ce qui peut m'élever. À l'époque, j'étais jeune, fougueux, persuadé d'avancer droit. Cette phrase m'a obligée à prendre un virage salutaire du doute. Depuis, chaque jugement négatif devient matière première. Il alimente la rigueur, aiguise la curiosité, empêche l'autosatisfaction. Mes restaurants se sont multipliés, mes cartes ont évolué… Mais je garde en poche ce rappel : un simple trait d'encre peut tout remettre en question. À moi de savoir le transformer en énergie.

Quand je repense à cet épisode, je revois ce garçon de vingt-trois ans, tout en éclats, foudroyé soudain par une phrase noire. Il vacille, puis redresse la tête, resserre plus fort son tablier, et avance encore plus droit. C'est cette mécanique-là, celle qui transforme la plaie en muscle, que je transmets aujourd'hui aux jeunes de mes brigades : accueille la critique, tamise-la, et fais-en ton meilleur carburant.

La Villa Margaux

J'avais vingt-cinq ans quand la mairie de Fumel, dans le Lot-et-Garonne, m'a appelé pour me proposer un nouveau défi. À ce moment-là, mes deux maisons, *Le Valentin* et *Le Carré Rouge*, tournaient à plein régime, et mon activité de traiteur remplissait mes weekends d'événements.

Mais le mot « *défi* » avait sur moi l'effet d'un ressort. La commune possédait deux châteaux nichés dans la nature et voulait créer, sur la place du château, une brasserie soignée baptisée *La Villa Margaux*. J'ai dit oui avant même de savoir où je mettrais les pieds.

Le premier trajet Toulouse-Fumel a servi de sas. Deux heures de route, ruban d'asphalte bordé de tournesols, suffisant pour faire un point à voix haute : deux restaurants qui ne désemplissaient pas, un carnet de commandes traiteur toujours plein, un compte bancaire que je consultais rarement par manque de temps... et, malgré tout, cette faim intacte de repartir de zéro. En arrivant, j'ai su que j'avais eu raison de dire oui. *La Villa Margaux*, c'était un décor de carte postale : pierres blondes, terrasses ouvertes sur la lumière, promesse de déjeuners d'été qui n'en finissent pas. J'ai inspiré profondément et je me suis dit qu'ici, on ne pouvait qu'accomplir de belles choses.

Le cahier des charges tenait en quelques lignes : une carte courte, une exécution irréprochable, des dressages capables de séduire la clientèle locale tout en attirant les curieux des départements voisins. Je n'ai pas compté les heures, ce n'était pas mon genre. Quatre jours par semaine à Fumel, trois jours à Toulouse : un va-et-vient constant qui faisait grimper le compteur kilométrique comme une addition salée. Très vite, j'ai appris par cœur chaque virage, chaque station-service, presque chaque nid-de-poule. Les saisons défilaient à travers le pare-brise : le jaune vif des tournesols, la brume qui s'accroche aux champs, la pluie qui tambourine sur le toit. Parfois, j'ouvrais la fenêtre juste pour sentir l'air couper ma fatigue. Je coupais souvent la radio. Sur cette route, je passais en revue le service terminé et préparais déjà le suivant : commandes de poissons, maturité des fruits, équilibre d'une assiette, coût précis d'un dessert. Cette bande d'asphalte était devenue ma salle de réunion roulante, un couloir entre deux cuisines, où je négociais avec moi-même chaque gramme de beurre, chaque feuille de basilic.

À la *Villa Margaux*, je voulais que tout respire la sincérité. La décoration authentique, soignée dans les moindres détails. Et dans l'assiette, la même exigence : un produit central, deux compagnons, un geste de couleur pour l'élan visuel. J'avais à cœur d'y inscrire ma gaufre de pomme de terre : simple, précise, ancrée dans le savoir-faire. Du beau, du bon, du gourmand et toujours l'authentique en fil conducteur. Les clients ont accroché aussitôt. Les réservations ont gonflé comme des soufflés de sauce, et le téléphone sonnait même les jours de fermeture. Chaque soir, en voyant les assiettes revenir vides et les visages repus de bonheur, je savais que je ne nourrissais pas seulement des corps... mais que je laissais une trace dans leurs souvenirs.

Là où la fatigue devient or

Le rythme était éreintant, mais je n'y voyais pas matière à plainte. À cinq heures, je quittais le lit, happé par l'odeur d'un café brûlant. Puis la route, encore sombre, me portait vers le premier service. À midi, tout s'enchaînait : commandes, carte à ajuster, dégustations, réunions minute, assiettes à envoyer. En fin de journée, cap sur Toulouse pour inspecter le *Carré Rouge*.

Parfois, je m'autorisais un détour par les marchés des Carmes ou de Victor Hugo : serrer une main, échanger quelques mots, glaner une idée, respirer l'air de la ville. Pendant que mes amis parlaient vacances, moi j'empilais les services comme d'autres les milles nautiques. La cuisine restait mon terrain de jeu, le lieu où tout s'oublie... sauf la fatigue, règle du métier.

Les deux ans passés à Fumel ont affûté mon sens de l'organisation mieux qu'aucun stage. Je m'étais fabriqué un agenda mental où chaque quart d'heure avait sa place : commande de légumes à sept heures douze, débrief à huit heures quarante-cinq, départ du fond de volaille à neuf heures. La moindre dérive et le puzzle se brisait. Le soir, quand la salle était vide, je la parcourais en silence, ajustant les couverts comme un garde forestier compte ses arbres. Seuls me restaient le bourdonnement des frigos, le rythme sourd du sang qui cogne dans les tempes et cette certitude tranquille : j'étais exactement là où je devais être.

Mon « loisir » se résumait à un rire échangé avec le maraîcher ou au silence sacré d'une cuisine propre à deux heures du matin. J'y trouvais une joie singulière, mêlée de concentration et de satisfaction immédiate. Mon entourage haussait les sourcils ; moi, je pensais à l'apprenti qui avait poli des cuivres jusqu'au sang, et je me disais que je lui devais bien cette constance.

Au terme de ces deux années, le pari était gagné : *La Villa Margaux* affichait complet, la clientèle s'était fidélisée, les critiques saluaient « la générosité d'un jeune chef déjà confirmé ». J'avais maintenu à flot les deux établissements toulousains, développé le traiteur et engrangé une solide expérience logistique. Ce soir-là, j'ai refermé la porte de la *Villa* le cœur serré mais le front haut. J'y avais laissé des kilomètres d'énergie, mais j'en repartais plus précis, plus solide, convaincu que la passion se forge dans l'endurance.

En remontant la route vers Toulouse, j'ai compris que je n'avais pas changé : toujours en quête de défi, prêt à ne pas compter mes heures tant que la cuisine restait au centre. Je ne cherchais pas la fatigue, mais ce moment où la maîtrise rejoint la créativité — souvent au bout d'une journée de dix-huit heures.

La réussite n'est pas une ligne droite : je l'ai toujours vue comme un sentier en pente, ponctué de haltes sur des plateaux. *La Villa Margaux* fut l'un de ces belvédères, d'où je pouvais contempler le chemin et dessiner déjà le suivant. Au soir du dernier service, dans l'odeur mêlée de pierre tiède et de romarin, je me suis juré de retrouver ailleurs un lieu à réveiller, une équipe à entraîner, un menu à polir jusqu'à la perfection. Mon véritable loisir était là : dans le défi qui me pousserait encore plus loin. Et il ne tarderait pas à se présenter...

MA RECETTE SIGNATURE

GAUFRE DE POMME DE TERRE, CRÈME DE FROMAGE FRAIS ET MAGRET FUMÉ

Pour 6 personnes
Préparation et cuisson : 45 minutes

Ingrédients : Env. 400 g de pommes de terre Charlotte ou Bintje ; 3 œufs ; 100 g de farine tamisée ; 100 g de beurre fondu ; 220 g de lait entier ; Une pointe de muscade fraîchement râpée ; fleur de sel, poivre du moulin

Préparation

Épluchez les pommes de terre, puis détaillez-les en deux ou en quatre selon leur taille, en veillant à obtenir des morceaux réguliers pour une cuisson homogène. Plongez-les dans une eau frémissante légèrement salée et faites-les cuire jusqu'à ce qu'elles soient fondantes. Égouttez-les, laissez-les tiédir quelques instants, puis écrasez-les au presse-purée pour obtenir une texture fine. Dans un cul-de-poule, incorporez les œufs un à un, puis versez le lait, la farine, un tour de moulin à poivre, la pointe de muscade et, enfin, le beurre fondu. Fouettez énergiquement pour obtenir un appareil lisse et homogène.

Préchauffez le gaufrier antiadhésif. Déposez une portion régulière de préparation dans chaque empreinte et faites cuire jusqu'à obtenir une gaufre dorée, croustillante à l'extérieur et moelleuse à cœur.

CRÈME DE FROMAGE FRAIS

Ingrédients : 400 g de brousse de brebis ; 80 g de crème fraîche ; 1 feuille de gélatine ; 2 cuillerées à soupe d'huile de tomate ; fleur de sel et poivre du moulin ; ciboulette fraîche finement ciselée ; quelques éclats de pistaches

Préparation

Dans un saladier, fouettez délicatement la brousse de brebis et la crème fraîche jusqu'à obtenir une texture lisse et onctueuse.

Faites ramollir la feuille de gélatine dans un grand bol d'eau glacée. Essorez-la soigneusement, puis incorporez-la à la crème légèrement tiédie afin qu'elle se dissolve parfaitement.

Ajoutez l'huile de tomate, assaisonnez de fleur de sel et de quelques tours de moulin à poivre. Incorporez enfin la ciboulette finement ciselée, en veillant à bien répartir les herbes dans la préparation.

Réservez au réfrigérateur pendant 30 minutes pour que la crème prenne corps et développe toutes ses saveurs avant utilisation.

Dressage

Transférez la crème de fromage frais dans une poche munie d'une douille lisse. Faites tiédir délicatement les gaufres au four pour préserver leur croustillant, puis déposez-les au centre de chaque assiette chaude.

Au cœur de chaque gaufre, pochez trois pointes régulières de crème de fromage frais, disposées en triangle. Formez trois rouleaux harmonieux avec de fines tranches de magret fumé et placez-les délicatement entre les pointes de crème.

Parsemez d'éclats de pistaches pour apporter croquant et couleur.

Accompagnez d'une petite salade de mâche, assaisonnée d'une vinaigrette au balsamique, pour apporter fraîcheur et équilibre au plat.

3

TOP CHEF
ET L'AVENTURE MÉDIATIQUE

Je venais à peine de reprendre la route à Toulouse que la pente suivante se dessinait déjà. Entre *Le Valentin*, *Le Carré Rouge* et l'activité traiteur, les journées s'enchaînaient à un rythme tel que je ne voyais ni le jour se lever ni le soleil se coucher. Ma vie se déroulait sous la lumière blanche des néons de cuisine, et cela me convenait. Les rares signes de fatigue, je les dissipais en enfilant mes baskets : le sport n'était plus un loisir, mais une nécessité, le meilleur moyen de réaligner mon corps, mon esprit et la masse d'adrénaline qui me servait de moteur.

Un après-midi, après une nuit entière passée sur des macarons et un coup de feu de midi intense, il ne me restait qu'une option : une sieste furtive avant d'attaquer le service du soir. Je me suis littéralement effondré. À mon réveil, 16 h 30, les yeux collés, la voix encore voilée, mon téléphone a vibré. Numéro inconnu. J'ai décroché par réflexe.

« Production M6, émission Top Chef. Nous avons entendu parler du « *jeune chef toulousain* » et nous aimerions vous voir au casting. » Il fallait monter à Paris. Vite.

En quinze secondes, j'ai mesuré tout ce que cela impliquait : déléguer la brigade, répartir les tâches du traiteur, confier la comptabilité, dénicher un train de nuit. J'ai dit oui. Le défi, toujours. Le même soir, me voilà dans un wagon-couchette à l'ambiance glauque, avec cette odeur persistante de moquette rincée. J'ai fermé les yeux en me répétant qu'au matin, il faudrait être frais. Ce n'était pas gagné.

À l'aube, un froid sec glaçait l'air autour du lycée perdu au nord de Paris. Nous étions huit, debout dans une cuisine encore silencieuse, à attendre les consignes. Première épreuve : réaliser un pot-au-feu en une heure. Une hérésie totale pour un plat qui demande d'ordinaire des heures de patience... mais c'était la règle. Les minuteurs se sont déclenchés, les lames ont claqué, la vapeur a envahi la pièce. Pas une seconde à perdre. Deuxième test : un plat autour des légumes anciens. Cette fois, j'étais sur mon terrain. Les gestes étaient sûrs, la concentration totale. Puis, un dernier test pour évaluer nos connaissances théoriques sur les saveurs.En fin de journée, le verdict est tombé : un seul nom retenu. Le mien. L'aventure commençait. La joie était là, mais aussi la lucidité : si une seule journée m'avait poussé à bout, que donneraient plusieurs semaines ? Peu importait. Il m'en faudrait beaucoup plus pour me faire reculer.

La suite fut d'une dureté dont personne ne parle. Quarante-sept jours de tournage, sans répit. Réveil à quatre heures, maquillage à peine sec avant le clap à sept. Seize candidats logés porte de Pantin dans un hôtel sans âme, aux couloirs gris et sans la moindre intimité. Un seul jour off par semaine. Provincial, je n'avais pas le temps de rentrer à Toulouse. La production nous tenait debout à coups de bonbons mous et de snacks gras. Rien de chaud, rien de salé. J'ai perdu huit kilos sans m'en apercevoir.

Le stress battait comme un second cœur. Je dormais par tranches de trois heures, la tête saturée de scénarios de défis, comme si le prochain commençait avant même que le précédent ne soit fini.

Je me sentais seul. Je n'appartenais pas au groupe qui, pour relâcher la pression, s'en grillait une dans l'angle du parking ou buvait un verre dans un coin de chambre. Les alliances se faisaient devant les caméras, se défaisaient hors champ. Moi, je me repliais dans le silence, les yeux fermés, répétant mentalement chaque geste pour le prochain prime.

Et puis, il y avait Yoni Saada. Talent brut, humanité rare, oui, je l'admirais, et c'est toujours vrai aujourd'hui. Dans un environnement qui broyait les nerfs, il conservait la parole juste, l'œil qui apaise. Je me souviens de lui, debout près d'un plan de travail encombré, un sourire discret malgré la fatigue. Nous échangions peu, mais chaque phrase tombait comme un repère solide, chaque mot sonnait juste.

Les plateaux étaient froids, les conditions dégradées. On enchaînait les prises jusqu'à l'épuisement. Un tablier propre, et on recommençait la même prise si la lumière ne convenait pas. Les jours ont fini par se confondre : le réveil, la navette, un maquillage sommaire, le plateau, les minutes comptées, le verdict, l'hôtel. Je notais tout, mentalement : temps de cuisson, réactions du jury, variations de température sous les projecteurs. Ce cahier invisible était ma boussole, le seul repère fiable dans ce flot répétitif où chaque détail pouvait faire la différence.

Au fond, je n'en voulais à personne : j'étais venu chercher ce défi. Mais la caméra, braquée sur le plan de travail, ajoutait un poids insidieux à chaque geste. Parfois, je sentais l'agacement me gagner, comme un nerf prêt à rompre. Alors, je mordais l'intérieur de ma joue, je calmais ma respiration… et je dressais l'assiette, millimètre après millimètre.

Au bout du quarante-septième jour, j'étais vidé… mais toujours debout. Huit kilos en moins, de nouvelles cicatrices de brûlures sur les avantbras, et une leçon limpide : la télévision n'édulcore rien, elle amplifie. Elle grossit aussi les failles - solitude, doute - mais elle braque une loupe sur la marge de progression.

Au fil des épreuves, l'adrénaline a peu à peu remplacé la fatigue. Je m'étais fixé une règle : absorber chaque remarque, même la plus acerbe, et la transformer en piste d'amélioration. Si un membre du jury relevait un assaisonnement timide, je repassais la scène en boucle dans ma tête, pour apprendre. Si un commis improvisé laissait brûler une garniture, je tentais de compenser sans hausser la voix : un cri ne nourrit ni la sauce, ni l'ego. Mais ce jour-là, la tension avait franchi la ligne. La cuisine était saturée de chaleur et de bruit, les ordres fusaient, les casseroles claquaient. Un geste de trop, une parole mal placée… et j'ai senti le sang battre dans mes tempes. J'ai retiré mon tablier, avancé d'un pas. J'étais prêt à en découdre. En face, un chef que j'aimais beaucoup, et que je respectais. C'est peut-être ce qui m'a arrêté. Ou alors le réflexe, juste à temps, de mordre ma colère avant qu'elle ne déborde.

Bien sûr, pour moi, l'aventure ne pouvait pas se terminer sans une fracture nette. Le « jour du craquage » que tout le monde avait senti venir, sans forcément en comprendre la cause. Nous en étions déjà à plusieurs semaines de tournage. Quatre candidats avaient déjà quitté l'aventure. Dans les couloirs étroits du plateau, l'air semblait plus dense, l'atmosphère chargée. Chacun était devenu à la fois un repère et un rival. Et chaque départ laissait derrière lui un vide maladroit, qu'il fallait apprivoiser avant de se remettre en marche, reprendre la cadence comme si de rien n'était.

L'épreuve décisive avait commencé dans un faux calme. Sept heures du matin, caméra déjà braquée, et l'ordre du jour expédié en deux phrases : choisir un ustensile « spécial » pour concevoir librement une recette. Le piège était cousu de fil blanc. Je n'avais pas l'ustensile demandé. Un autre candidat non plus. La production avait volontairement glissé ce manque, et je l'ai senti comme une éraflure de plus sur une corde déjà prête à rompre.

La fatigue et la faim serraient mon estomac comme dans un étau. Ma tête, montée sur ressorts, moulinait à plein régime pour trouver un plan B. Je me suis lancé malgré tout, bricolant une alternative, mais le stress perforait chaque geste, chaque idée. Les chefs circulaient derrière nous, multipliant les questions — un rituel rodé pour tester nos nerfs. J'ai répondu, encore et encore, le regard vissé sur ma planche, jusqu'à la question de trop.

Là, j'ai senti la colère monter comme une déflagration. Face à Cyril Lignac, j'ai arraché mon tablier, l'ai laissé s'écraser sur le carrelage, et j'ai marché droit vers le vestiaire. Dans ma tête, c'était clair : j'arrêtais tout.

Le plateau s'était figé. Les caméras, les techniciens, tout avait disparu de mon champ de vision. Dans le couloir, Cyril m'a rejoint. Il parlait, cherchait à me ramener, mais je n'entendais que par fragments : le sang cognait trop fort dans mes tempes pour saisir les phrases entières. J'ai inspiré, profondément, comme avant un service sous pression, jusqu'à retrouver un fil d'air. Tout quitter là, après tant de chemin, aurait été absurde. Alors je suis revenu. J'ai encaissé l'injustice du matériel manquant et décidé de jouer avec les cartes qu'il me restait.

J'ai monté un tartare de crevettes crues aux agrumes : propre, franc… mais trop sage. Je savais déjà ce qui aurait pu changer la donne : un cromesquis, snacké des deux côtés. Thierry Marx me l'a soufflé, presque comme un verdict : « Si tu avais fait ça, je l'aurais servi dans mon restaurant. » Le rideau est tombé. Épreuve de la dernière chance. Élimination directe. Partir ainsi, sur un raté technique alourdi par la colère, m'a laissé un goût amer. Je n'étais pas habitué à perdre. Et cet échec-là, je l'ai encaissé de travers.

Le soir, à l'hôtel porte de Pantin, j'ai tourné en rond dans la chambre sombre. Des kilos envolés, une fatigue sourde, immense. Je repassais l'image du tablier qui claque, traquais le point de rupture exact. Je l'ai trouvé dans un mélange acide : faim, manque de sommeil, injustice savamment orchestrée. Surtout, j'ai compris que la colère mal tenue était la pire des sorties de piste. Alors, dans un coin de ma tête, j'ai inscrit : *Toujours respirer avant de réagir*. Cette phrase ne m'a plus quittée. Elle me rappelle que la pression est inévitable, mais que la manière de l'accueillir, et de la transformer, décide toujours de la différence entre explosion et rebond.

J'ai quitté Paris avant l'aube, sac sur l'épaule, cap sur Toulouse. Dans le train qui filait vers le sud, je repassais le film : la sieste interrompue, le numéro inconnu, le pot-au-feu improbable, les réveils à quatre heures, la faim, la colère, et Yoni qui glisse une blague pour desserrer l'étau. Je me suis surpris à sourire. Top Chef n'avait pas bouleversé ma façon de cuire un poisson ; il avait endurci ma capacité à encaisser, à trier la critique, à rester droit quand la fatigue guette la faille. En ce sens, l'émission avait tenu sa promesse : un véritable défi. Et moi, j'avais tenu la mienne : aller toujours là où la pente est la plus raide. J'avais vécu une pression intense, certes. Mais Top Chef m'a appris l'essentiel : sublimer un produit, maîtriser l'assaisonnement, mais aussi dire « je t'aime » sans détour à ceux qui m'entourent.

Je suis rentré à Toulouse vidé, mais l'esprit plus clair. Après le tumulte du tournage, la ville semblait ralentie, presque silencieuse. En poussant la porte de mon établissement, l'odeur familière d'un fond qui réduit m'a accueilli ; mes épaules se sont relâchées d'un coup. L'ego froissé mettrait encore quelques jours à cicatriser, mais la leçon, elle était acquise : on ne maîtrise pas toujours la scène, seulement sa propre réaction. J'ai repris la brigade, partagé le récit de l'épreuve, reconnu l'erreur, et surtout énoncé la nouvelle règle : transformer chaque contrariété en levier.

Depuis, quand un service déraille, qu'un four s'entête à rester froid ou qu'une livraison se perd, je repense à ce tablier jeté. Je resserre les nœuds de mon tablier, je souffle, et je repars. L'éclat de colère est resté dans les couloirs d'un studio télé ; la leçon, elle, ne me quitte plus, comme un garde-fou qui brille dans la lumière crue des néons.

Top Chef reste une expérience inoubliable. Cette aventure m'a appris à garder l'esprit clair et à sortir la bonne crème sous pression ; à viser l'essentiel, à travailler « à l'économie », à trouver l'idée juste au moment précis, malgré les caméras, le stress et la fatigue. Et au milieu de cette intensité, il y a eu de véritables instants de grâce.

Un certain jour de février, en entrant dans mon vestiaire, j'ai découvert un petit mot laissé sur mon casier. Quelques lignes seulement, mais l'écriture était celle de ma mère : inimitable. Elle m'annonçait qu'elle viendrait aux studios pour déguster l'un de mes plats. L'émotion m'a saisi. J'étais excité, fier, impatient : quelle joie de pouvoir présenter ma maman à la France entière !

Le thème de l'épreuve était le sucré-salé, avec pour base fruits et légumes. J'ai imaginé un dessert qui lui parlerait : un ananas caramélisé, une meringue de poivron, un blanc-manger citron vert-ananas. Quand elle s'est installée face à moi, tenue impeccable et sourire bienveillant, j'ai présenté l'assiette comme on présente un trophée. Elle a goûté lentement, attentive à chaque nuance. Bénédicte n'est pas du genre à offrir un compliment. Ce jour-là, je l'ai vue analyser la moindre bouchée, jauger l'équilibre entre le poivron et l'ananas, la douceur maîtrisée du blanc-manger.

Et dans son regard, cet éclat malicieusement exigeant qui disait : « Pas mal, mon fils, pas mal du tout »

Cet instant reste gravé. Son sourire, sa bienveillance, l'étincelle de fierté dans ses yeux m'ont redonné une énergie inépuisable. Sous les projecteurs, j'ai mesuré qu'une seule présence aimante pouvait balayer des semaines de fatigue et de tension. Je suis reparti du plateau avec cette charge positive, convaincu plus que jamais qu'un plat n'est jamais meilleur que lorsqu'il porte, au-delà de la technique, la part d'émotion transmise par ceux qui nous ont tout appris.

Coming out

Cette aventure culinaire et médiatique fut aussi une expérience sociale, un face-à-face brutal avec moi-même. Entre deux plateaux, j'ai compris qu'il ne suffisait plus de dresser des assiettes impeccables : il fallait aussi apprendre à s'affirmer pleinement, sans angle mort, face au public. J'avais toujours défendu l'idée d'une cuisine sincère : or, tant que je taisais une part essentielle de mon identité, je trahissais ce principe.

Être gay n'a jamais été un problème pour moi. Ce qui bloquait, c'était de le dire à voix haute. Je redoutais d'être étiqueté « chef gay » avant d'être reconnu comme cuisinier. Dans les coulisses, je sentais parfois ma voix se briser lorsque la conversation glissait vers la vie privée. Je devenais évasif, je détournais le regard. Une barrière invisible se levait, y compris face à d'autres homosexuels croisés au fil des événements : une distance étrange, peut-être auto-imposée. Une question revenait sans cesse : dans ce milieu réputé viril, a-t-on le droit d'être soi-même ? En fouillant ma mémoire, je ne retrouvais aucun chef ouvertement homosexuel. La gastronomie, avec ses fourneaux brûlants et ses hiérarchies presque militaires, semblait parfois frôler une forme d'homophobie ordinaire.

La médiatisation a changé l'échelle du silence. Attachés de presse, journalistes, amis influents me répétaient qu'il était inutile de jouer à cache-cache : « Le jour où quelqu'un sort une photo, tu subiras l'histoire au lieu de la raconter. » L'argument frappait juste. Soit je prenais la parole une bonne fois, soit je continuais à porter ce poids. Des nuits entières, j'ai tourné dans mon lit en ressassant cette phrase : « Soit tu le fais une fois, et c'est très bien, soit tu ne le fais pas du tout. » La décision est tombée comme on coupe une pomme en deux : d'un geste net, parce qu'il n'existait plus d'entre-deux acceptable.

J'ai donc tout dit, clairement, sans détour. L'équipe du magazine *Têtu* m'a proposé une couverture. La séance photo reste gravée : studio immaculé, lumière blanche, maquilleuse qui poudrait mon front tandis que, dans ma tête, je passais en revue la liste de ceux qui allaient peut-être s'éloigner. Titre final : « Révélé par *Top Chef*, Valentin se dévoile ». Le magazine est paru un jeudi. Le lendemain matin, les téléphones du *Valentin* et du *Carré Rouge* n'ont cessé de sonner.

La révélation a agi comme un tsunami dans mon entourage. Du jour au lendemain, certains amis ou membres de la famille ont disparu, des fournisseurs autrefois complices ont pris leurs distances, quelques clients fidèles ont « changé d'habitudes ». J'ai encaissé, j'ai pris note. Ceux qui partent ne sont sans doute pas faits pour rester. Mais la fissure n'en piquait pas moins : on croit être prêt, pourtant la solitude qui s'installe au début surprend toujours.

Puis le courrier a commencé à affluer. Enveloppes pâles, cahiers recopiés à la main, puis les mails ont pris le relais. Des centaines. Puis des milliers. J'ai mis des années à tout lire. Des adolescents perdus au milieu des champs, des étudiants enfermés dans des résidences universitaires, des apprentis serveurs trop timides pour parler à leurs parents. Tous disaient la peur, l'isolement, parfois la violence. Certains avouaient penser au pire. Chaque phrase me transperçait avant de me recoudre aussitôt : voilà pourquoi j'avais eu raison. Si un seul de ces jeunes puisait un peu de courage en voyant un cuisinier assumer, alors le prix à payer n'était rien.

Ai-je changé quelque chose dans le milieu ? Je l'ignore. À ma connaissance, je reste l'un des très rares, peut-être le seul, chefs français à dire simplement : « Je suis gay » sans détour, sans nuance. Peut-être que demain, un apprenti, quelque part, osera le dire plus tôt parce qu'il m'aura vu le faire. Ce serait déjà beaucoup. Aujourd'hui, je respire mieux. Les casseroles chantent pareil, mais le cœur bat plus libre. Je suis convaincu qu'un plat porte l'intention de celui qui le prépare ; en tombant le masque, j'ai clarifié cette intention. Être soi-même n'a pas de prix, et même si la route reste longue pour que la gastronomie ouvre toutes ses portes, j'avance désormais debout, tablier noué, visage offert au feu.

Ma vie personnelle et ma vie professionnelle étaient enfin alignées. Je sentais un axe clair courir de ma tête jusqu'à mes chaussures. Les journaux rappelaient sans cesse mon âge, comme si chaque article devait souligner que j'étais « encore très jeune ». J'entendais le refrain, mais je savais que j'avais avancé à mon rythme, sans précipitation inutile, en posant chaque pierre avec méthode. Les épreuves, refus bancaires, nuits blanches, tournage éprouvant, coming out, m'avaient forgé plus vite que n'importe quelle école, jusqu'à faire de chaque cicatrice un jalon solide sur ma route.

Pourtant, une nouvelle impatience me gagnait. Il me fallait cesser de m'éparpiller et tracer une ligne claire. *Le Valentin* et *Le Carré Rouge* tournaient sans moi : brigades rodées, carnets de réservations pleins, traiteur fluide. J'avais appris à déléguer, à faire confiance, et la mécanique restait parfaitement huilée. Peut-être était-il temps de refermer, ou au moins suspendre, le chapitre toulousain pour pousser une autre porte, quelque part où le terrain serait à reconquérir.

C'est alors qu'est venue la proposition de *C'est au Programme*, l'émission quotidienne de Sophie Davant sur France 2. Quarante-cinq minutes de direct chaque jour pour présenter des recettes, dans une atmosphère feutrée, conviviale, presque familiale. J'ai dit oui sans tergiverser : valises bouclées, billet pour Paris, installation provisoire dans la capitale. La Ville Lumière imposait une cadence différente, plus verticale, loin du bon-vivre toulousain, mais électrisante à sa manière. Plateau, projecteurs, chronomètre : un autre genre de coup de feu, sans la chaleur des fourneaux mais avec la même montée d'adrénaline.

Dans le même élan, j'ai pris part à l'ouverture d'un restaurant dans le 15e arrondissement. Nouveau décor, nouvelle clientèle… mais très vite, j'ai mis fin au partenariat. Pas de clash tapageur, juste l'évidence : le souffle que j'attendais n'était pas là. Il me fallait autre chose. Un lieu qui me ressemble vraiment ou, peut-être, un ailleurs plus lointain. La petite voix intérieure, celle qui m'avait guidé depuis le trottoir de la rue Perchepinte, recommençait à se faire entendre. Elle murmurait déjà les mots de voyage, d'outre-frontière, d'aventure que ni Paris ni Toulouse ne pouvaient rassasier. Alors je l'ai écoutée, prêt à quitter une fois encore le confort pour la pente la plus raide : celle qui accélère le cœur et ouvre l'horizon d'un seul coup.

La naissance du style « Valentin Néraudeau »

« Promouvoir la cuisine française et la faire rayonner dans le monde entier ! » C'est ce que murmurait désormais la petite voix... et, contre toute attente, quelqu'un venait de l'entendre plus haut que prévu. Le ministère de l'Agriculture m'a sollicité pour une mission auprès du Centre national interprofessionnel de l'économie laitière, le CNIEL. Derrière l'acronyme, j'ai aussitôt vu se dessiner l'image de mon grand-père, penché sur ses bidons, fidèle à sa laiterie pendant des décennies. Comme un clin d'œil venu du passé. Impossible d'ignorer un signe pareil. J'ai accepté, sans la moindre hésitation.

Le mandat tenait en deux lignes : voyager pour faire briller la beauté de nos produits laitiers, prouver qu'ils restent la colonne vertébrale de la gastronomie française et qu'ils peuvent nourrir mille innovations. Ma mission : transmettre, démontrer, improviser sur place, en puisant dans l'inspiration immédiate des marchés locaux. L'Asie d'abord, puis les pays du Golfe : le monde s'ouvrait devant moi, avec ses couleurs, ses odeurs, et un réservoir d'idées brutes prêtes à se greffer sur ma base française.

Chaque départ commençait par le même rituel : quelques kilos de bagage, un couteau fétiche glissé dans sa housse, et l'adrénaline neuve d'un premier service. À peine débarqué, je filais du taxi au marché ; je humais l'air épais des étals, je captais les gestes des vendeurs, j'écoutais crépiter les épices. Puis, sur une table improvisée, je sortais le beurre doux, la crème épaisse ou la pâte persillée des caisses isothermes, choc des cultures instantané, dialogue direct entre un wok brûlant et un bleu persillé, entre la moiteur d'un labneh et la fraîcheur d'une crème fouettée. J'étais heureux, tout simplement.

Les démonstrations s'enchaînaient : une sauce montée à la française pour sublimer un poisson local, une brioche beurrée métamorphosée en dessert glacé sous un soleil de trente-cinq degrés. Partout, je retrouvais la même expression de surprise, ce léger silence avant le sourire, quand le gras noble du lait venait révéler les saveurs d'ailleurs.

Le soir, seul dans ma chambre d'hôtel, je consignais les gestes aperçus au vol : la prise délicate qui évite de meurtrir un légume, l'art d'aciduler un bouillon sans vinaigre, la patience d'un chef du Golfe laissant infuser les herbes jusqu'à ce qu'elles deviennent parfum plutôt qu'assaisonnement. Je ne collectionnais pas ces trouvailles comme des trophées ; je les fondais dans ma propre grammaire culinaire. Peu à peu, se dessinait le « style Valentin Néraudeau » : base française inébranlable, éclairs d'influence étrangère, assiette allégée mais toujours gourmande, visuellement nette et nutritivement juste.

Ces voyages affûtaient mon palais plus sûrement qu'aucun stage. J'apprenais à épurer, à couper les graisses inutiles, à laisser l'acidité d'un fruit remplacer trois condiments. Toujours en mouvement, mais jamais dispersé : chaque escale, chaque démonstration réaffirmait mon cap, honorer les produits français tout en les projetant vers d'autres horizons. Mes épaules se redressaient ; l'homme que je devenais savait désormais ce qu'il valait, et surtout, où il allait.

En rentrant de mission, il m'arrivait de passer directement d'un aéroport à un salon professionnel. J'attrapais un micro, ouvrais une crème, racontais la dernière escale. On me demandait ce que je retenais de l'Asie ou du Golfe ; je répondais toujours la même chose : le respect absolu du produit, qu'il vienne de Normandie ou de l'autre bout du monde. Dans les yeux des jeunes étudiants, je voyais briller l'étincelle du voyage possible, et chaque fois je me promettais de leur offrir, un jour, ce billet que personne ne m'avait tendu. Ces allers-retours ont achevé de forger ma confiance. J'étais parti de Toulouse avec les doutes d'un apprenti ; j'y revenais sûr d'une chose : la cuisine française n'est pas un musée, mais une base vivante capable de dialoguer avec toutes les cultures. Plus je l'exportais, plus elle me revenait enrichie.

Mon style, désormais, était affirmé. Ma cuisine, c'est un paysage vivant, façonné par les lieux traversés, les visages croisés, les gestes silencieux captés au détour d'un marché. Chaque plat que je compose est une carte postale intime : un souvenir transformé en saveur, un instant capturé ailleurs et recréé ici, chez moi, dans ma cuisine.

Ce que j'ai appris au fil de mes voyages, c'est que la perfection en cuisine ne réside pas dans la complexité, mais dans l'équilibre. Comme un paysage où chaque couleur trouve sa place, un plat se compose dans l'harmonie des contrastes : le chaud qui rencontre le froid, le gras que réveille l'acide, le tendre que souligne le croustillant.

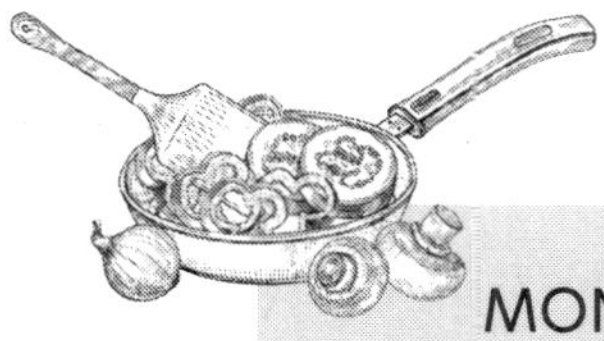

MON CONSEIL DE CHEF

Travaillez le bœuf mariné comme je l'ai découvert en Chine : de fines tranches plongées 24 h durant dans un mélange subtil de mirin, de sauce soja salée et d'un voile de sucre. La viande en ressort soyeuse, presque caressante en bouche. Mais pour réveiller cette douceur et lui donner un relief plus net, associez-lui toujours une pointe d'acidité : une salade d'herbes fraîches au parfum vif, un zeste d'agrumes qui éclaire, ou un trait de vinaigre délicatement dosé. C'est ce contraste qui transforme un plat juste bon en un plat mémorable. Pour un poisson parfaitement cuit, un filet de bar juste nacré à la vapeur, comme on le déguste en Corée, jouez sur le contraste des textures. La chair, douce et fragile, appelle un contrepoint croquant : un crumble salé aux graines finement torréfiées, ou une chapelure délicatement parfumée aux zestes de citron vert. Cette fine morsure sous la dent réveille la délicatesse du poisson et inscrit le plat dans la mémoire.

C'est comme contempler un paysage au Japon : une montagne immobile, majestueuse, se dresse face à une mer vive et mouvementée. C'est la rencontre de ces deux forces contraires qui crée la beauté, exactement comme dans l'assiette, où le contraste révèle toute la profondeur du goût.

L'équilibre comme signature

La maîtrise des cuissons est un art que j'ai appris à honorer au fil de mes formations, de mes voyages et des heures passées auprès de grands chefs. Ici, rien n'est laissé au hasard, et certainement pas au simple « feeling » : c'est le fruit d'une véritable expertise, patiemment construite. Et pourtant, je le répète, rien n'est jamais acquis. En cuisine, comme dans tout métier de passion, on reste éternellement élève. Prenez une volaille par exemple : dorée à la perfection, rôtie lentement avec une patience presque méditative, puis allégée d'un condiment citronné ou d'une sauce fine au yaourt infusé aux herbes fraîches. L'équilibre est là, dans cette précision maîtrisée.

Je suis obsédé par l'équilibre et la précision, et sur ce point, la Corée et la Chine ont beaucoup à nous apprendre. Ces voyages, combinés aux savoirs accumulés au fil des ans, ont affiné ma réflexion. Si un plat est très gras, une côte de bœuf maturée par exemple, je cherche toujours à le contrebalancer par un condiment vif : pickles de légumes, salade croquante, fraîcheur tranchante. À l'inverse, un plat trop acide ou trop léger réclame un appui : une purée de légumes racines, une crème douce, parfois juste voilée d'un parfum fumé.

C'est ça mon style : méditerranéen par les produits et les couleurs, asiatique par la maîtrise des cuissons et l'épure, français par la tradition et le respect des fondamentaux. Mais surtout, profondément sincère. Les piliers de ma cuisine reposent sur les bases de la cuisine gastronomique française, enrichies de tout ce que la Méditerranée offre de meilleur : soleil, fraîcheur, générosité, produits d'exception. Et, toujours, cette touche « fusion » qui crée la surprise et relie les influences.

Dans mon assiette, rien d'inutile. Pas d'esbroufe, ni dans les saveurs, ni dans un intitulé prétentieux. Comme un paysage naturel, il faut que ça respire, que ça vive. Revenir à l'essentiel, voilà mon credo. Et il encore renforcé après la pandémie et le confinement de 2019-2020. Cette période nous a tous ramenés au vrai, au réel, au simple : l'essentiel.

MA RECETTE DE CHEF

Choisissez un morceau de bœuf maturé au gras généreux, tranché finement, presque translucide. Pour lui offrir le contrepoint idéal, préparez une salade d'herbes fraîches : coriandre, persil plat, menthe, finement ciselées. Liez-les d'un filet de vinaigre de riz, d'un zeste de citron vert fraîchement râpé et d'une pointe de fleur de sel. Disposez-les délicatement à proximité de la viande, afin que chaque bouchée, dense et profonde, soit traversée d'une vibration verte et parfumée.

MON ASTUCE DE CHEF : pour sublimer un poisson vapeur ou un filet de bar juste nacré, préparez un crumble salé minute. Réduisez en miettes des tranches de pain paysan ou cœur de meule passées au four, concassez-les au pilon, puis incorporez de l'huile d'olive ainsi que des olives confites, dénoyautées et finement hachées. Parsemez d'éclats de pistache et fleur de sel.

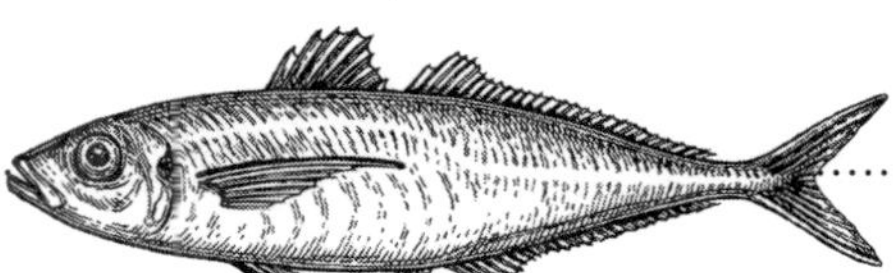

4

LE MARCHÉ,
MON TERRAIN DE JEU

Cette belle mission s'achevait, mais l'aventure, la vraie, ne faisait que commencer. Je n'avais plus envie de rester derrière la caisse d'un établissement, à voir défiler les tickets de service comme des journées identiques. Il me fallait plus de sur-mesure, plus de terrain, plus d'adrénaline. Être restaurateur avait été une étape fondatrice ; désormais, je voulais vivre la cuisine autrement. Passer du rôle de patron à celui d'artisan nomade. Quitter la routine pour devenir exclusivement chef privé, avec pour scène chaque table, chaque voyage, chaque rencontre.

La médiatisation m'avait offert un carnet d'adresses dense et précieux. Je fais partie des premiers candidats de Top Chef dont la médiatisation a explosé les scores sur Instagram. Les réseaux sociaux diffusaient mes plats au loin, mais le plus sûr restait le vieux principe du bouche-à-oreille : une assiette réussie chuchote plus vite qu'une publicité. Je me suis donc « installé » à Paris, comprendre : un pied-à-terre prêt à être quitté dès la première mission. La capitale était ma base logistique, mais ma véritable adresse, désormais, se trouvait dans les aéroports, les gares, les cuisines d'hôtels particuliers ou de villas lointaines. Le monde entier devenait mon terrain de jeu culinaire.

J'ai commencé modestement, par des événements presque confidentiels : dix couverts dans un salon haussmannien, un anniversaire feutré sur une péniche glissant sous les ponts de Paris. Puis les invitations se sont élargies : dîners pour des personnalités publiques, lancements pour des maisons de mode ou de parfum, tables rondes pour des conseils d'administration tenus à huis clos. Quel que soit le décor, boiseries centenaires, verrière contemporaine ou pont de bateau, ma ligne ne variait pas : authenticité, produits français, saveurs franches. Le cadre se transformait ; l'exigence, elle restait intacte.

Très vite, les noms se sont imposés par leur éclat. Je me suis retrouvé à cuisiner pour des têtes d'affiche internationales, je vous livrerai plus loin quelques anecdotes savoureuses, mais je gardais la barre aussi droite que pour mes voisins toulousains d'autrefois. Les pieds bien ancrés, je refusais que le luxe ambiant brouille ma boussole. Un seul cap, immuable : mettre le produit au centre, le sublimer sans jamais le trahir. Voilà mon unique mantra.

Chaque matin reprenait par le même rituel immuable : le marché. Lever à l'aube, sac de jute en bandoulière, plongée dans les allées encore perlées d'humidité. Le marché, c'est l'école sans fin : la caresse d'une pêche en dit plus que n'importe quel manuel, l'odeur vive d'une botte de coriandre annonce si la journée sera fraîche ou lourde. Je palpais les salades, jaugeais la fermeté d'une tomate, écoutais les maraîchers raconter la nuit froide qui avait resserré la mâche. Là, entre les cagettes et les voix matinales, je retrouvais chaque jour la même évidence : la cuisine naît dans la terre, et s'accomplit dans le sourire d'un convive.

Je choisissais, je négociais, je rangeais chaque produit avec minutie ; puis je filais vers la cuisine de location du jour ou vers un appartement métamorphosé en laboratoire éphémère. Chaque commande privée devenait un prototype : une base de gastronomie française solidement ancrée, une pichenette d'ailleurs glanée au détour d'un voyage, et le tout servi à la minute. Parfois face à un public aussi silencieux qu'un jury, parfois dans le tumulte joyeux qu'une loge de tournée, mais toujours avec la même exigence.

Ce rythme, fait de départs soudains et de retours éclairs, entretenait la sensation d'être exactement à ma place : un homme debout, sûr de lui, conscient que le succès tient à peu de choses mais fort d'une certitude : rien n'est plus solide qu'un produit respecté. Le stress ne s'effaçait pas ; il se muait en énergie constante, en tension maîtrisée. Et quand la petite voix intérieure glissait : « Et après ? », je resserrais la bride et répondais toujours par le même cap : mettre en valeur nos beaux produits, encore et toujours, en commençant, invariablement par un tour au marché, mon véritable terrain de jeu.

Je crois qu'on reconnaît un cuisinier à sa façon de traverser un marché : inutile de scruter son panier, regardez plutôt son pas, sa respiration, la manière dont il se faufile entre les étals comme on tourne les pages d'un livre d'aventures. J'arrive juste avant huit heures. Autrefois, mon théâtre était rue Poncelet, dans le 17e : pavés mouillés, tréteaux qui claquent, vaporisateur qui perle sur un bouquet de menthe, et, tout au fond, la tour Eiffel découpée dans un soleil naissant. Le décor change, la musique demeure : à Narbonne, la verrière éclabousse de lumière ; à Colmar, murmure alsacien ; à Saint-Jean-de-Luz, claquement des cordages au port ; à Figueras, exubérance catalane qui fait chanter les cébettes. Partout, je m'accorde dix secondes, yeux clos : si l'air porte la terre mouillée, ma cuisine ira vers un bouillon fumant ; si le soleil vernit déjà les pêches, il me souffle un carpaccio d'agrumes. La météo devient mon métronome : pluie fine, bouillon fumant ; soleil brûlant, gaspacho glacé ; vent de nord, soupe veloutée. Dans un coin de carnet, j'esquisse un nuage ou un soleil : plus tard, je me souviendrai qu'un ceviche de bar sauvage a rafraîchi une canicule d'août ou qu'un velouté de butternut a consolé un octobre battu par la bruine.

À la minute où je rouvre les yeux, le marché se met à parler. Un maraîcher relève sa casquette, m'adresse un sourire franc, et me tend la main.

— Alors, Valentin, on cuisine quoi ?

— Qu'est-ce qui te rend fier aujourd'hui ?

La question déclenche le menu. Sous mes doigts, une botte de carottes nouvelles, encore perlées d'humidité, raconte déjà le crépitement du miel, la caresse chaude du cumin, le vert vif des fanes mixées en pesto.

Il hoche la tête, attrape une cagette et me tend la première pêche de la journée. Le geste est simple, mais dans sa paume repose déjà toute la saison qui s'ouvre.

Deux travées plus loin, le poissonnier lisse la glace ; une lisette y repose, luisante comme une lame neuve. Il suffit de l'effleurer pour que j'entende le beurre se mettre à chanter au contact du vermouth, et la ciboulette crépiter dans la poêle.

MA RECETTE DU CHEF

LISETTE AU BEURRE DE CIBOULETTE

Pour 4 personnes
Préparation et cuisson : 10 minutes

Ingrédients : 4 lisettes (petits maquereaux) vidées, parées ; 1 échalote, finement ciselée ; 60 g de beurre doux bien froid, coupé en dés ; 5 cl de vermouth sec (ou vin blanc sec) ; ½ botte de ciboulette, finement hachée ; 600 g de pommes de terre nouvelles, cuites vapeur ; fleur de sel ; poivre du moulin

Préparation

Faites fondre 20 g de beurre à feu doux dans une petite casserole. Ajoutez l'échalote et laissez-la suer 2 minutes sans coloration pour préserver toute sa douceur.

Déglacez avec le vermouth, portez à ébullition et réduisez de moitié pour concentrer les arômes. Réservez sur feu très doux.

Chauffez une poêle antiadhésive sans matière grasse. Déposez-y les lisettes côté peau, cuisez 1 minute 30, retournez-les délicatement et poursuivez la cuisson 30 secondes. Salez légèrement. Maintenez au chaud.

Hors du feu, incorporez progressivement les 40 g de beurre froid réservés dans la casserole, en fouettant pour obtenir une sauce onctueuse. Poivrez, ajoutez la ciboulette hachée.

Disposez les pommes de terre vapeur dans les assiettes, posez les lisettes par-dessus et nappez généreusement de beurre à la ciboulette. Terminez par une pincée de fleur de sel pour exalter la chair nacrée du poisson.

Un plat iodé, lumineux et sans superflu. L'exemple même de l'élégance dans la simplicité, où chaque élément joue sa note juste.

Quand les étals dictent le menu

Chaque poignée de main prolonge l'histoire du marché. Je cuisine pour ces paumes rugueuses autant que pour les convives aux chemises blanches impeccablement amidonnées. En avançant entre les étals, les produits dictent des éclairs d'idées : une fleur de courgette frôle ma manche et, aussitôt, s'impose une farce ricotta-pistache, croustillante de chapelure, relevée d'un zeste de citron vert. Mon nez croise un bouquet d'aneth : j'imagine un bouillon au citron caviar pour napper la lisette. Un céleri-branche claque entre mes doigts : j'entrevois une rémoulade au yaourt et à la pomme verte. Le marché est mon carnet de notes, la cuisine mon chevalet. Il suffit d'un parfum qui réveille la mémoire, la menthe d'un taboulé dominical, le cumin d'un voyage lointain, pour que, vous aussi, retrouviez le plat qui vous ressemble, celui qui parle à votre histoire.

Plus loin, un maraîcher soulève un torchon : dessous, tomates cœur-de-bœuf cabossées, tièdes. Une bouffée de sucre chaud m'emporte aussitôt dans le potager charentais de mon enfance : soleil au zénith, pulpe brûlante sur les doigts, couteau émoussé, fleur de sel qui crépite. Chaque fois que je m'arrête devant un étal, cette scène revient : mon grand-père bien-aimé, Étienne, assis près de moi. Je tiens une glace vanille-fraise. Je commençais toujours par la fraise.

— Tu préfères la vanille ou la fraise, mon petit Valentin ?

— La vanille, Papi !

— Alors pourquoi commences-tu toujours par la fraise ?

— Pour garder le meilleur pour la fin.

— Commence par la vanille si tu l'aimes ; parfois la vie s'arrête avant la fraise.

Cette phrase, dont je n'avais pas compris la portée à l'époque, me revient aujourd'hui et prend tout son sens. Depuis, je place toujours le produit que j'aime en ouverture. Ce soir, la tomate, juste huilée, basilic, sel. Dans un coin de ma tête, j'entends la voix de ma mère, qui, d'un simple filet d'huile, savait faire un repas royal. L'inspiration vient de notre passé, des gestes ancrés. Apprenez à voyager ainsi quand vous êtes au marché, vous ne vous tromperez jamais.

Un marché, c'est aussi la fête des imprévus. Je peux croiser une pyramide de tomates anciennes et voir, en un éclair, la burrata se poser, filet d'huile fruitée, zestes de citron confit, basilic frais, tout est prêt avant même que la monnaie ne passe de main en main. J'attrape une poignée de cerises et un clafoutis tiède surgit de ma mémoire ; je frôle un citron vert et un ceviche s'embrase ; je touche une botte de cerfeuil, un basilic citron parfumé et une vinaigrette vierge prend forme. Ces éclairs naissent aussi des visages : le poissonnier me glisse « J'ai un maigre splendide » ; la maraîchère met de côté de beaux fenouils et prend des nouvelles de mes clients. « Ce que tu fais avec mes légumes, ça me touche, c'est une vraie mise en valeur » me dit-elle. Alors je rends la pareille : pot de pickles maison, beurre d'algues, tarte fine aux courgettes pour la fleuriste.

MON CONSEIL DE CHEF

COMMENT BIEN CHOISIR LES TOMATES ANCIENNES

Elles portent en elles des siècles de culture et des nuances qu'aucune tomate standardisée ne pourra jamais imiter. Les tomates anciennes : cœur-de-bœuf, green zebra, noire de Crimée, ananas... Elles sont les joyaux du marché d'été. Leurs formes cabossées, leurs parfums francs, leurs couleurs imprévisibles racontent la terre, la météo, la main du producteur. Bien choisies, elles se suffisent à elles-mêmes : un filet d'huile d'olive, un grain de fleur de sel, et vous tenez l'une des plus belles bouchées de la saison.

La cœur-de-bœuf : chair dense, pulpe fondante, lourde dans la paume, parfum vert de feuille froissée. C'est la tomate de l'instant : taillez-la en tranches épaisses, laissez perler une huile d'olive fruitée, une pointe de fleur de sel, et servez aussitôt.

La green zebra : rayures vert clair et vert profond annoncent un caractère vif. Sous la pulpe juteuse, une acidité franche mais qui réveille le palais. Choisissez-la souple mais encore tonique. Superbe en carpaccio avec du citron ou en pickles minute.

La noire de Crimée : couleur énigmatique, entre grenat, brun et vert sombre. Sa chair charnue respire la terre et le soleil bas, avec une pointe fumée naturelle. Sucrée en bouche, elle se prête aussi bien à une confiture qu'à la tranche charnue glissée dans un burger haut de gamme.

La tomate ananas : la plus solaire : chair marbrée jaune et rouge, douceur fruitée presque exotique. Déployez-la en tranches épaisses autour d'une burrata crémeuse, ou transformez-la en gaspacho doré qui éclaire l'assiette.

QUATRE REPÈRES UNIVERSELS

Le poids : une tomate ancienne bien mûre pèse lourd dans la main, signe de chair généreuse, peu d'eau perdue.

Le parfum : frottez doucement le pédoncule, l'odeur verte et profonde de la feuille froissée doit être immédiate.

Les cicatrices et bosses : marques de vie et de soleil, elles signalent souvent une concentration en sucre et en goût.

La souplesse : pressez très légèrement ; la peau doit céder d'un millimètre puis offrir une résistance souple, équilibre parfait entre maturité et fraîcheur.

MON ASTUCE DE CHEF : ne mettez jamais les tomates au réfrigérateur : le froid brise leurs arômes et fige leur chair. Conservez-les toujours à température ambiante, sur un plateau ou dans une corbeille, à l'abri du soleil direct.

Coupez-les au dernier moment : la pulpe sera souple, juteuse, et le parfum de « feuille de tomate » éclatera pleinement.

Je poursuis mon chemin dans les allées ; la foule enfle, les décibels montent.

Chaque appel, chaque sourire nourrit l'inspiration. Je cuisine pour eux aussi : pour tous ces producteurs qui se lèvent à l'aube, la fatigue cachée sous la blouse, les mains crevassées par les caisses d'eau glacée. Mes grands-parents, ne juraient que par ces circuits courts. Ils savaient qu'ainsi, ils n'obtiendraient que des produits vrais, intègres, avec du goût, sans artifice.

Et c'est là qu'intervient la première règle sacrée du marché : la saison ! Lisette de mai à quatre euros, bar de décembre à quarante ; tomate d'août charnue et sucrée, tomate de février chère et insipide. Respecter le calendrier, c'est préserver la saveur, ménager votre budget, préserver la planète... et honorer ceux qui sèment.

MON IMPÉRATIF DE CHEF

RESPECTEZ LA SAISONNALITÉ DES PRODUITS !

Un légume cueilli au bon moment concentre tout : parfum, texture, intensité. Il coûte moins cher, a voyagé peu et raconte une histoire. À l'inverse, un produit hors saison est souvent fade, énergivore... et cher.

Voici mes trois repères infaillibles pour ne pas vous tromper :

L'abondance visuelle : Quand un étal déborde d'asperges, de tomates ou de figues, c'est que la nature a donné le signe. Le prix baisse, la qualité grimpe : c'est le moment.

Le test de la première bouchée : Un producteur sûr de lui vous fera toujours goûter. Croquez : si la fraise ne dit rien, attendez, si elle explose de parfum, feu vert immédiat.

LE CALENDRIER MENTAL :

Mars : premiers radis, jeunes pousses, herbes fines.

Avril-mai : asperges, petits pois, fraises précoces.

Juin-août : tomates, courgettes, pêches, melons.

Septembre-octobre : figues, raisins, champignons, courges butternut.

Novembre-février : choux, poireaux, agrumes, topinambours.

Pas besoin de tableau mural : mémorisez ces jalons et laissez vos yeux ; vos mains et votre nez faire le reste naturellement.

L'IMPACT DANS L'ASSIETTE

Produit mûr = assaisonnement minimal (fleur de sel, trait d'huile).

Produit hors saison = triple dose de sauce pour cacher le manque de goût.

À votre avis, lequel est le plus simple ?

Raisonner « saison » réduit aussi l'empreinte carbone : moins de serres chauffées, moins de camions réfrigérés, plus de biodiversité locale.

Avant de payer, posez toujours cette question : « *D'où vient-il et depuis quand ?* » Si la réponse vous envoie à l'autre bout du monde, reposez le produit. Regardez autour de vous : le marché aura toujours un autre trésor qui n'attend que vous.

Parfums du marché

Oui, le marché est un concentré de nature, une émotion à l'état brut. Chaque lieu a son charme, mais tous ramènent aux choses simples et essentielles. Parfois, mes pas me portent jusqu'à Figueras, l'un des plus beaux marchés que je n'aie jamais parcourus : cébettes dressées comme des soldats, fèves rebondies prêtes à éclater, mini-courgettes encore closes, comme des promesses. Une véritable scénographie de la nature. Là-bas, le soleil y est si généreux que tout semble avoir deux mois d'avance. J'y ai goûté, à la petite cuillère, une huile d'olive qui a changé ma façon de la considérer : depuis, je la traite comme un grand cru. Première pression à froid, toujours. Redécouvrir le vrai goût, c'est aussi cela : comprendre qu'une huile médiocre est souvent amère parce que le noyau a été brisé lors de l'extraction. Cette amertume parasite la bouche, là où une huile de qualité révèle un parfum franc, rond, presque fruité. Mes préférées viennent d'Italie ou d'Espagne : couleur claire, légèreté soyeuse, une pointe d'amertume en fin de bouche, comme une note de rappel, et surtout ce petit éclat sucré qui caresse le palais. C'est un monde à part, à tomber. Pour être sûr de ne pas tromper, il n'y a pas de secret : pousser la porte d'une coopérative locale, discuter avec le petit moulinier, goûter sur place. Dans certains villages, l'huile d'olive n'est pas un simple condiment : c'est une fierté millénaire, presque un héritage sacré. Cette exigence, je la glisse dans chaque cuisson, chaque assaisonnement, comme une signature invisible mais essentielle.

Pour le reste, je me laisse guider par les odeurs… et par la météo. Un coup de vent soulève une bâche : nuage sur le carnet mental. S'il persiste, je rallongerai mon fumet, pour qu'il réchauffe. Si le ciel s'éclaircit, je pencherai vers une marinade vive. Ma promenade se transforme en plan de vol : radis croquants en amuse-bouche, purée carotte-cumin comme piste douce, zeste d'orange sanguine pour le virage acide, lisette au vermouth en ligne droite vers le cœur, crème vanille pour la boucle enfance.

Où que je sois, mes yeux finissent toujours par se poser sur les étals d'agrumes. Citron, orange, yuzu, mandarine… Je leur voue une véritable passion. Leur éclat attire l'œil, leur parfum éclaire l'esprit, leur acidité réveille un plat assoupi. Ils ont aussi ce pouvoir rare : se glisser dans toutes les préparations, du carpaccio de poisson à la tarte au chocolat, du bouillon parfumé à l'huile infusée. Tout est une question de dosage, d'équilibre… et, bien sûr, de qualité irréprochable. Et puis, dans l'agrume, rien ne se perd : le zeste, le jus, la pulpe, jusqu'à l'écorce confite. Chacun a sa note, son intensité, sa texture. Dans mes mains, c'est une palette infinie, prête à peindre l'assiette.

MON CONSEIL DE CHEF

COMMENT BIEN CHOISIR ET SUBLIMER LES AGRUMES

Le poids : tenez le fruit dans la paume : il doit sembler dense, presque disproportionné par rapport à sa taille. Ce poids trahit une pulpe gorgée de jus, promesse d'un parfum éclatant.

La peau : fine et lisse : signe d'une maturité parfaite et d'une chair généreuse.

Brillante sans excès, l'éclat doit venir des huiles essentielles, jamais d'un vernis artificiel.

Souple sous une légère pression, mais ni molle ni fripée.

Le parfum : frottez doucement la surface : un bon agrume libère aussitôt un nuage d'huiles fraîches, presque pétillantes. Si vous devez insister pour sentir quelque chose, oubliez-le.

La couleur : un dégradé est naturel ; ce n'est pas l'uniformité qui compte, mais la maturité intérieure. Privilégiez les reflets verts à peine atténués : ils indiquent un fruit mûri sur l'arbre plutôt qu'en chambre froide.

Le talon et le pédoncule : inspectez les extrémités : nettes, sans moisissure ni dessèchement brun. Un pédoncule encore vert est gage de fraîcheur et de cueillette récente.

LES VARIÉTÉS À CONNAÎTRE :

Citron de Menton : chair douce, zeste floral : idéal pour une vinaigrette crue.

Orange sanguine : notes de framboise : divine en carpaccio.

Combava : zeste explosif, pulpe très acide : à râper avec parcimonie.

Yuzu : équilibre entre citron et mandarine, graines nombreuses : somptueux dans un beurre blanc.

MON ASTUCE DE CHEF : conservez toujours quelques zestes au congélateur : râpés sur un poisson vapeur ou une mousse au chocolat, ils retrouvent toute leur intensité comme s'ils venaient d'être prélevés.

Lorsque vous récupérez les écorces d'agrumes, utilisez un économe pour éviter le ziste, cette partie blanche sous l'écorce qui apporte de l'amertume.

Le geste anti-gaspi : pressez les quartiers flétris dans un petit bocal de gros sel : vous obtiendrez un sel parfumé qui transformera un simple poisson grillé ou une assiette de crudités en plat de chef.

Lorsque mon menu est fixé et que l'inspiration a tracé sa route, je passe à la *mise scène*. Avant de quitter le marché, je négocie par exemple les fanes que d'autres abandonnent : pour moi, ce sont des guirlandes vertes qui viendront ourler la table. Une vieille cagette remplie de légumes anciens devient un centre de table comestible. Un simple verre d'eau infusé au basilic remplace un bouquet bourgeois, offrant un parfum discret qui accompagne le repas. Trois bocaux recyclés, bougies droites comme des flambeaux miniatures, diffusent une lumière douce. Ainsi, le décor dialogue avec l'assiette, naturel, vivant, sans artifice.

POUR UNE TABLE EFFET « WAHOU »
100 % PRODUITS DU MARCHÉ

La cagette détournée : récupérez une mini-cagette de pêches ou d'abricots. Éliminez les échardes d'un rapide coup de papier de verre, mais gardez fièrement la marque du producteur : l'authenticité est la plus belle signature. Disposez-la au centre de la table, cul des tomates vers le haut pour révéler leurs cicatrices de soleil, et glissez entre elles quelques radis aux fanes éclatantes.

Guirlande de fanes : ne jetez jamais les fanes fraîches de carottes, radis ou betteraves. Rincez-les, essorez-les, puis disposez-les en sinusoïde au ras de la nappe. Elles remplacent un chemin de table, ajustent une touche végétale et diffusent un parfum discret d'herbe coupée.

Bouquet d'herbes à table : dans un simple verre ou un bocal d'eau glacée, piquez un bouquet de basilic, de coriandre ou de menthe. Chaque convive pourra, au gré du repas, détacher quelques feuilles pour relever son assiette. Pour créer un chemin de table généreux et harmonieux, multipliez les contenants en variant les hauteurs.

Bougies récup' : glissez une bougie chauffe-plat dans un bocal à confiture vide. La flamme basse joue avec le verre et met en valeur les couleurs des fruits et légumes alentour. Ambiance douce et chaleureuse garantie.

Touches de couleur comestibles : éparpillez quelques clémentines entières ou citrons coupés en deux sur la table : parfum immédiat, éclat vitaminé. Quelques fleurs comestibles, pensées ou capucines, ajoutent la touche finale, à la fois graphique et gourmande. J'aime les décors foisonnants et les chemins de table éclatants de couleurs.

Règles d'or : zéro plastique, zéro objet qui ne se mange ou ne se composte. Chaque élément doit finir dans l'assiette ou au compost. Résultat : avant même la première bouchée, vos invités sont déjà transportés... au cœur du marché.

Pour votre propre balade, retenez cinq points : arrivez avant neuf heures, quand les étals sont encore frais et bavards ; offrez au vendeur une question sincère, il vous répondra par un conseil précieux ; touchez, pesez, sentez avant de payer ; gardez toujours dix pour cent de votre panier pour l'imprévu : un bouquet de cébettes, une poignée de fèves, une herbe rare ; enfin, laissez la météo dicter la dernière note, comme un chef d'orchestre invisible.

Choisissez, vous aussi, la tomate cabossée, la lisette trop brillante, la carotte tordue. Écoutez leur histoire, cuisinez-les sans attendre, et servez la vanille avant qu'elle ne fonde : la vie ne repasse pas deux fois. Le marché vous tend la main ; prenez-la, et votre table, à son tour, racontera la suite.

5

LES BASES D'UN MENU TROIS ÉTOILES
À LA MAISON

Maintenant que vous m'avez suivi dans les allées du marché… que diriez-vous de composer, vous aussi, un véritable menu trois étoiles à la maison ? Je vous ouvre ici mon cahier de route de chef privé, celui que j'applique pour mes convives les plus exigeants. Un seul mot d'ordre : prenez du plaisir, amusez-vous, et laissez vos assiettes raconter une histoire.

L'équilibre des saveurs et des textures

On peut écrire des pages entières sur la juste répartition entre salé, sucré, acide, amer et umami, ce terme japonais qui désigne ce « goût délicieux » qui arrondit une bouchée. Mais, avec les années, j'ai simplifié la théorie en une règle de terrain : deux saveurs dominantes, trois textures distinctes. Un exemple inattendu ? Regardez du côté du fast-food, avec le célèbre McFlurry™ que l'on compose soi-même. Pourquoi séduit-il autant ? Parce qu'il obéit instinctivement à cette loi : la douceur onctueuse et uniforme de la glace à la vanille rencontre le croquant sucré du topping, et le contraste opère immédiatement. Simple, direct, efficace et aucun traité de chimie alimentaire ne l'explique mieux.

À la maison, jouez la simplicité intelligente : servez une boule de glace vanille parfumée, déposez quelques fraises fraîches bien mûres, puis émiettez un cookie encore tiède par-dessus. Deux saveurs nettes : la rondeur de la vanille, la fraîcheur acidulée de la fraise, et trois textures franches : le velouté de la crème, le croquant juteux du fruit, le croustillant fondant du biscuit. Votre palais se détend, votre esprit respire : tout est identifié, équilibré, savouré.

La logique est la même pour un ceviche de daurade royale par exemple :

Saveurs : poisson iodé + agrume (par exemple : pamplemousse rose)

Textures : chair crue, guacamole au yuzu, suprêmes de pamplemousse.

En trois fourchettes, le palais voyage, mais il ne se perd jamais.

MA RECETTE DE CHEF

CEVICHE DE DAURADE ROYALE AUX AGRUMES

Pour 4 personnes
Préparation : 15 minutes
Marinade : 20 minutes

Ingrédients : 400 g de filets de daurade royale ultra-frais, sans peau ni arêtes ; 1 pamplemousse rose ; 2 citrons verts (jus + zeste d'un) ; 1 petit avocat mûr ; 1 cuillerée à soupe d'huile d'olive extra-vierge, première pression à froid ; 1 cuillerée à café de sauce yuzu (ou 1 cuillerée à soupe de jus de yuzu frais) ; ½ échalote, finement ciselée ; 1 poignée de coriandre fraîche, ciselée ; 1 poignée de ciboulette, ciselée ; fleur de sel, poivre du moulin

Préparation

Taillez la daurade en dés réguliers de 1 cm. Déposez-les dans un saladier large pour que chaque morceau profite de la marinade.

Pressez le jus des citrons verts sur le poisson. Ajoutez l'huile d'olive, la sauce yuzu, l'échalote, la moitié des herbes, une pincée de fleur de sel et un tour de poivre. Mélangez délicatement et laissez mariner 20 minutes au frais : la chair doit simplement « cuire » en surface, tout en restant nacrée à cœur.

Prélevez les suprêmes de pamplemousse, coupez-les en dés de la même taille que le poisson. Réservez le jus restant pour ajuster l'assaisonnement.

Écrasez l'avocat à la fourchette avec une pincée de fleur de sel et un trait de jus de pamplemousse pour obtenir un guacamole minute.

Dressez en étalant une cuillerée d'avocat au fond de chaque assiette. Déposez le ceviche égoutté, parsemez des dés de pamplemousse, des herbes restantes et d'un voile de zeste de citron vert. Servez aussitôt.

MON ASTUCE DE CHEF : ne laissez jamais mariner plus de 30 minutes : au-delà, la chair se « cuit » trop et perd sa texture soyeuse. Dosez le sel avec retenue : le yuzu apporte déjà une vivacité naturelle.

Je pourrais aussi vous parler de cette noisette de veau aux pleurotes : veau grillé, pleurotes sautés, sauce légère poulette. À chaque bouchée, on retrouve le duo veau-champignon ; trois sensations : croustille du bord, jutosité de la viande, soyeux du bouillon.

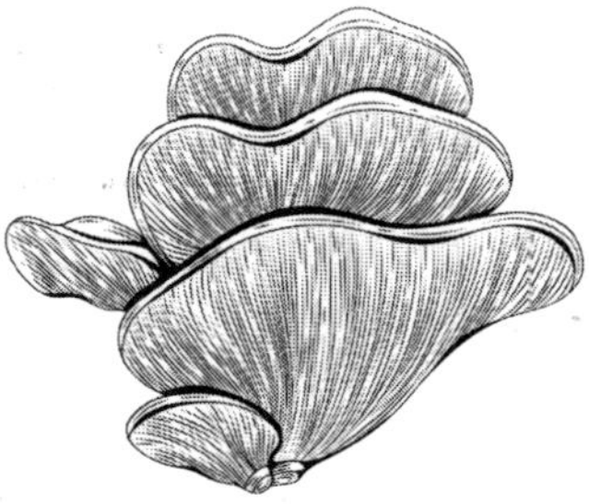

MA RECETTE DE CHEF

NOISETTE DE VEAU, PLEUROTES & BOUILLON DE POULARDE

Pour 4 personnes
Préparation : 25 minutes
Cuisson : 15 minutes

Ingrédients : 4 noisettes de veau (80 à 100 g chacune) ; 300 g de pleurotes frais, émincées en larges pétales ; 40 g de beurre clarifié ; 15 g de beurre doux bien froid, coupés en dés ; 1 échalote, finement ciselée ; 20 cl de bouillon de poularde (maison ou réduit de volaille) ; 5 cl de vin blanc sec ; 1 brin de thym frais ; 1 feuille de laurier ; 1 cuillerée à soupe de ciboulette finement ciselée ; fleur de sel, poivre du moulin

Chauffez le beurre clarifié dans une poêle épaisse. Salez légèrement les noisettes de veau. Saisissez-les 2 minutes par face sur feu franc, jusqu'à obtenir une croûte dorée. Ajoutez le thym et le laurier, arrosez 30 secondes au beurre moussant. Retirez la viande et laissez-la reposer sous une feuille de papier aluminium. Elle finira de cuire doucement.

Dans la même poêle, retirez l'excédent de gras. Déposez les pleurotes, salez légèrement, laissez-les rendre leur eau, puis poursuivez la cuisson 3 minutes pour les colorer. Ajoutez l'échalote et laissez-la fondre 1 minute sans coloration.

Versez le vin blanc, grattez les sucs avec une spatule en bois, réduisez presque à sec. Ajoutez le bouillon de poularde et laissez frémir 3 minutes pour que les saveurs se concentrent.

Hors du feu, incorporez le beurre doux froid en parcelles, en fouettant pour obtenir un bouillon finement perlé. Goûtez, rectifiez l'assaisonnement, poivrez au dernier moment.

Tranchez chaque noisette de veau en deux et disposez-les sur assiette chaude. Ajoutez les pleurotes, nappez d'un voile de bouillon perlé, parsemez de ciboulette fraîche, fleur de sel et tour de poivre.

MON ASTUCE DE CHEF : le bouillon joue ici le rôle d'une sauce légère : pas de crème, pas de farine, seulement la réduction et le beurre final qui apportent brillance et gourmandise. Ainsi, le duo veau-pleurotes s'exprime sans masque.

Il y a, bien sûr, des combinaisons plus simples. Imaginez un dos de saumon mariné au soja et au miel, déposé sur une mousseline veloutée de céleri et de pomme, puis couronné d'un crumble salé. Deux saveurs, trois textures : la logique est limpide, le palais se repère, le cœur s'enthousiasme. Trop de goûts brouillent le message ; trop de textures, et c'est le vacarme d'un hall de gare.

TECHNIQUES INCONTOURNABLES

LA DÉCOUPE RÉGULIÈRE

Brunoise, julienne, mirepoix... peu importe le nom, la règle est immuable : la régularité garantit une cuisson homogène. Taillez vos frites toutes à la même épaisseur, et elles chanteront dorées à l'unisson plutôt que par vagues anarchiques. Une macédoine inégale, c'est l'assurance de croiser un cube encore croquant à côté d'un autre déjà défait. Dans ma cuisine, j'entraîne mes jeunes commis à détailler dix carottes au millimètre près ; ils soupirent, pestent un peu... puis finissent par sourire devant la poêle, ravis d'entendre chaque morceau saisir et caraméliser dans la même harmonie.

MAÎTRISER LA CHALEUR

Rosbeef (800 g à 1,2 kg) : saisissez vivement à 210 °C pour enfermer les sucs, puis poursuivez la cuisson : 18 minutes pour un bleu juteux, 22 minutes pour un saignant parfait.

Poisson entier : laissez-lui son arête, elle est l'âme du goût. Une dorade simplement posée sur un lit d'huile d'olive, thym frais, citron et fleur de sel, 20 minutes à 180 °C : l'arête diffuse son parfum marin, la chair reste nacrée et soyeuse.

Poulet du dimanche : peau d'or qui craque, blanc moelleux, jus limpide… Comptez 1 h 20 à 170 °C pour un poulet de 1,5 kg, en l'arrosant toutes les 20 minutes. Glissez dessous des pommes grenaille : elles s'imbiberont du jus et deviendront de véritables confiseries salées. Et puis, il y a cette magie : le moment où le beurre grésille, la volaille « chante » et que l'odeur se répand dans toute la maison, comme une promesse.

LES SAUCES DE BASE

(sans farine, s'il vous plaît !)

Oubliez les liaisons épaissies à l'amidon : la vraie texture naît de la patience et de la réduction. Laissez un bouillon poulette frémir doucement jusqu'à ce qu'il devienne nappant, presque sirupeux. Hors du feu, faites-le « perler » avec un dé de beurre bien froid ou une larme de crème, juste assez pour arrondir les angles. Astuce du chef : n'assaisonnez jamais avant la réduction. Le sel se concentre à mesure que le liquide s'évapore, et l'équilibre se perd vite. Laissez la magie de la concentration opérer, puis ajustez l'assaisonnement au dernier instant : votre sauce sera franche, brillante, et d'une justesse parfaite.

RÉDUIRE UNE SAUCE SANS FARINE NI AMIDON

Commencez par une base riche et nette : jus de viande dégraissé, fumet de poisson clair, bouillon de légumes filtré, ou déglaçage au vin blanc ou au vermouth. Plus la base est aromatique, moins elle demandera de temps sur le feu.

Utilisez une casserole large, feu moyen : une surface d'évaporation généreuse accélère la réduction tout en préservant les saveurs. Maintenez un frémissement régulier, jamais d'ébullition violente, source d'amertume.

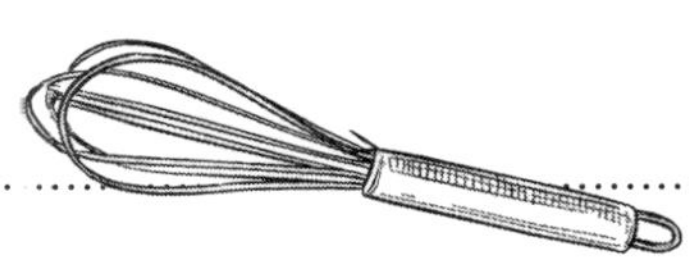

Écumez et dégraissez au fil de la cuisson : chaque mousse et excès de gras retirés offrent à la sauce plus de pureté, de netteté et de brillance.

Laissez le temps faire son œuvre : deux tiers du volume initial pour un nappage léger, la moitié pour une texture sirupeuse. Goûtez souvent : le sel se concentre, ajustez uniquement en fin de cuisson.

Finition brillante : hors du feu, incorporez des dés de beurre bien froid en fouettant pour lustrer, ou un trait de crème fraîche épaisse pour arrondir.

MON ASTUCE DE CHEF : pour donner plus de corps sans tricher, mixez une louche de légumes de cuisson (carotte, céleri) et réintégrez-la dans la sauce. Le collagène naturel suffit : zéro farine, zéro amidon, mais une texture soyeuse, brillante, et concentrée à l'essentiel.

Construire un menu cohérent, c'est comme écrire un conte en trois chapitres, avec un héros unique qui traverse l'histoire du début à la fin. Ce héros peut être un produit, un parfum ou même une couleur, mais il doit guider chaque assiette, lier les saveurs comme un fil invisible et laisser, dans la mémoire des convives, une empreinte aussi nette qu'un parfum d'enfance.

Parfois, c'est l'agrume qui prend la plume : un tartare de bar au yuzu qui réveille le palais, un saint-pierre nappé d'un beurre parfumé à la citronnelle et au pamplemousse, puis, en guise de point final, une tarte fine à la bergamote, légère comme un souffle.

D'autres soirs, c'est la carotte qui mène le bal : un velouté glacé relevé d'un soupçon de curry vert pour l'entrée, un jarret de veau confit avec ses carottes nouvelles et leurs fanes pour le cœur de l'histoire, et, pour clore, un gâteau moelleux aux carottes et aux épices, escorté d'une glace au fromage blanc, douce comme une caresse.

Enchaîner un menu, c'est trouver le rythme juste, celui qui laisse au palais le temps de respirer. Chaque plat doit répondre au précédent sans le répéter, comme une conversation où l'on change de sujet pour maintenir l'attention. Si l'entrée est crue, vive et acide, laissez le plat devenir chaud, rond, réconfortant ; si le plat s'offre beurré et généreux, que le dessert arrive léger, presque aérien, pour clore le repas sur une note fraîche. Car l'erreur fatale, c'est l'effet « trombone » : trois assiettes sur le même registre, qui alourdissent l'humeur et assoupissent la table. Imaginez : une salade de lentilles tièdes aux noix, suivie d'un gratin dauphinois nappé de crème, puis d'un riz au lait onctueux… Trois caresses grasses de suite, et vos convives sombreront dans une douce torpeur bien avant le café.

MENUS DE SAISON :
ENTRÉE, PLAT, DESSERT

Printemps « vert tendre » : risotto petits artichauts grillés, parmesan reggiano ; volaille pochée au lait de coco et piment d'Espelette, courgettes rôties ; fraise gariguette, crème glacée vanille, zeste de citron vert.

Été « rouge cardinal » : gaspacho pastèque-framboise ; pavé de thon corse croûte de noisette ; pêche de vigne rôtie, crème crue.

Automne « or ambré » : velouté de potimarron aux châtaignes ; quasi de veau rôti, jus réduit au porto, girolles sautées ; figues rôties au miel, crème glacée à la fleur d'oranger.

Hiver « blanc nacré » : velouté de céleri-rave, vierge d'agrumes ; rôti de bar aux topinambours ; poire pochée badiane et chantilly légère ultra vanillée.

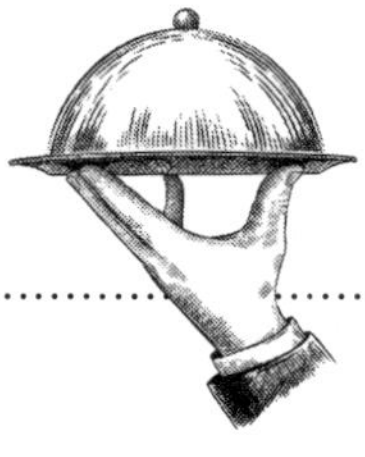

Crises et improvisations

La perfection absolue n'existe pas, et, croyez-moi, c'est une bénédiction : sans l'imprévu, nous n'apprendrions rien. J'ai beau être acharné de travail, c'est surtout l'art d'improviser qui m'a sauvé la mise plus d'une fois. Ce soir-là, la pire combinaison : samedi, cent quarante couverts, quatre pavés de plancha rouges inscrits sur la fiche de commande… et la résistance principale qui rend l'âme à 19 h 05. Minutage assassin : les premières assiettes devaient déjà quitter la cuisine lorsque j'entends le « clac » sec, suivi du silence lourd des plaques éteintes. Le temps que le technicien décroche, j'avais déjà compris qu'il faudrait servir à la minute, sans plancha.

La panique m'a effleuré la nuque. J'ai posé les mains sur la plaque froide, comme on serre la main d'un vieil ami au moment de se quitter, puis j'ai reculé d'un pas. Trois respirations diaphragmées, comme à l'entraînement de natation : quatre secondes pour inspirer, quatre pour retenir, six pour souffler. L'adrénaline redescend de deux crans, la pensée s'affûte, le mode « solution » s'active.

En moins d'une minute, j'ai isolé les contraintes : cuisson saisie puis laquage prévu pour des pavés de thon de 160 g ; première vague de service dans vingt-cinq minutes ; texture attendue : croûte fine et croustillante, cœur tiède et mi-cru, nacré à la découpe. Adieu la laque asiatique, bienvenue à une croûte de noisette passée au four : cinq minutes côté croûte, deux minutes côté chair. Les légumes, prévus pour la plancha, ont terminé dans une sauteuse, frémissants sous un filet d'huile d'argan : une note grillée, imprévue mais parfaitement cohérente.

Quarante secondes suffisent pour exposer le plan à la brigade. Les regards s'accrochent au mien, les gestes reprennent leur cadence, les assiettes s'alignent à nouveau. En salle, aucun client ne devine le drame électrique. Certains saluent même « la merveilleuse croûte de noisette », devenue depuis un classique… et notre *private joke* préférée.

Il arrive que la cuisine se mette à jouer contre vous. Le four rend l'âme au moment où la volaille allait prendre sa couleur parfaite ? Pas de drame : je bascule sur le barbecue, la poêle-grill ou même la plaque induction. Je marque la viande à feu franc, je couvre, je termine doucement, et je sers en tranches fines plutôt qu'en pavé. La tendreté est sauve, l'assiette aussi.

Un soir, des invités débarquent à l'improviste, le frigo à moitié vide. Je pense toujours « plat extensible » : un risotto accepte volontiers un peu plus de bouillon, une salade de lentilles double de volume avec un bouquet d'herbes, un œuf mollet, quelques pickles. On croit manquer, on finit par abonder.

Il m'est aussi arrivé de sentir cette odeur trahissant la sauce brûlée. Dans ces moments-là, pas question de gratter le fond noirci : je change de casserole, je récupère uniquement la partie claire, je rallonge d'une louche de bouillon, je monte au beurre. Le brillant revient, l'amertume disparaît, comme si rien ne s'était passé.

Et puis il y a ces annonces de dernière minute : allergie au beurre, intolérance au gluten, refus de crustacés. J'isole l'élément interdit, je détourne une partie de la garniture : les fanes de carotte deviennent un pesto minute, les légumes poêlés se transforment en plat complet avec un œuf poché. L'imprévu cesse d'être un obstacle ; il devient un prétexte à la créativité.

J'ai toujours abordé la cuisine comme une course de fond. Quand l'imprévu surgit, inutile de s'épuiser à lutter contre lui : il faut l'accepter, resserrer le champ et plonger dedans. Dans ces moments-là, je me concentre sur trois choses, et seulement trois : que l'assiette arrive chaude, que l'assaisonnement soit juste, et que les textures se répondent comme prévu. Tout le reste, la photo parfaite pour Instagram, la version initiale du plat, peut passer à la trappe. Les convives ne mangent pas une idée, ils mangent une expérience. Et si l'un d'eux devine que vous avez donné le meilleur malgré l'orage, il s'en souviendra comme d'un moment rare. Ce qu'ils pardonnent moins, c'est de voir la panique se glisser dans vos gestes. Alors, comme sur un terrain de sport, on relève la tête, on respire, et on joue le point suivant.

Avec l'expérience, j'ai affiné une grille de secours qui m'évite de céder à la panique. La première étape, c'est le constat : trente secondes pour comprendre exactement ce qui manque ou ce qui ne fonctionne plus. Pas de lamentations, juste un état des lieux sec. Ensuite vient la substitution : deux minutes pour trouver un cousin au produit disparu, ou une texture capable d'apporter la même sensation. Puis l'ajustement : trois minutes pour revoir l'assaisonnement, recalculer un temps de cuisson. Quand le plan est clair, j'en parle à l'équipe, calmement, en moins d'une demi-minute, et surtout jamais devant le client. Enfin, le suivi : après le service, je note la recette improvisée. Plus d'une fois, un plan B est devenu un futur plat signature.

Ne rien gaspiller, optimiser toujours

En cuisine, je ne réponds pas qu'aux attentes de mes convives ; je rends aussi des comptes à mes équipes, à mes investisseurs, à la planète – et, soyons honnêtes, à mon propre portefeuille. Mon credo est simple : rien ne part à la poubelle sans avoir rendu au moins trois services. C'est aussi bon pour la planète que pour la trésorerie, et cela aiguise la créativité.

Les fanes et les herbes fatiguées trouvent une seconde jeunesse : mixées à l'huile d'olive et aux fruits secs, elles deviennent un pesto minute ; passées à la centrifugeuse, elles offrent un jus vert qui électrise un risotto ; séchées au four et réduites en poudre, elles parfument un pop-corn ou des chips comme une touche de parfum discret. Les parures de poisson, elles, se transforment en fumet express, juste vingt minutes à petits bouillons avec un trait de vin blanc ; gélifiées et taillées en cubes, elles enrichissent une soupe ; réduites jusqu'à consistance sirupeuse, elles donnent une glace de poisson qui monte un beurre blanc en un clin d'œil. Quant aux carcasses de volaille, je les rôtis avant de les immerger trois heures pour un fond brun maison ; je les mouille dans une sauteuse après cuisson pour un jus court instantané ; et je réserve leur graisse décantée, parfaite pour confire des pommes de terre. Les peaux d'agrumes ne sont jamais perdues : zestées à cru dans une marinade, elles s'enfouissent aussi volontiers dans un bocal de sucre qui, au bout d'une semaine, embaume ; confites puis finement hachées, elles apportent un croquant inattendu à un granola maison. Même les blancs d'œufs orphelins trouvent leur destin : montés en meringues ou financiers, utilisés pour clarifier un bouillon façon consommé, ou encore pour « coller » un vin trouble à l'ancienne.

C'est dans ces gestes-là, invisibles pour le client, que se cache la vraie discipline du cuisinier : transformer l'oubli ou le rebut en ressource précieuse, comme un alchimiste qui refuse que l'or file entre ses doigts.

Réflexe FIFO : *First In, First Out*

En cuisine, l'ordre n'est pas qu'une affaire de discipline militaire : c'est une assurance fraîcheur. Mon réflexe immuable, c'est le FIFO (*First In, First Out*). Comme dans une bibliothèque, l'ingrédient arrivé hier doit quitter le frigo avant celui reçu ce matin. Ce simple geste évite les mauvaises surprises au fond d'une étagère... et m'assure que chaque produit quitte la cuisine à son apogée.

La surgélation devient alors un allié stratégique. Les zestes d'agrumes et les racines de gingembre dorment au froid, prêts à réveiller une marinade ou un dessert ; les fonds réduits sont coulés en glaçons, portionnés pour un déglaçage express. Même le pain rassis a droit à sa seconde vie : mixé grossièrement, torréfié à sec, il se métamorphose en panko maison.

Avant chaque service, je passe chaque plateau en revue. Une fraise un peu fripée se change en purée pour vinaigrette ; une asperge fendue trouvera sa place dans le velouté du lendemain. Dix grammes sauvés par-ci par-là, cela fait une tonne à l'année, littéralement !

Et puis il y a mon arme secrète : le sac à bouillon. Un simple sachet hermétique qui vit au congélateur. Toute la semaine, il recueille pelures d'oignon, pieds de champignon, verts de poireau. Lorsqu'il est plein, il plonge dans une marmite d'eau froide avec un bouquet garni, pour deux heures d'infusion douce. Résultat : trois litres d'un bouillon clair, parfumé, gratuit... et absolument sans arôme industriel.

Ces habitudes, discrètes mais constantes, ne relèvent pas seulement de l'économie ; elles affinent la conscience qu'un cuisinier doit avoir de ses produits. Rien ne se perd, tout se transforme, et chaque geste devient une promesse tenue à la fois au goût, au producteur et à la planète.

Par-dessus tout, j'applique une règle simple. Mon mot d'ordre : avant de jeter, je me demande toujours : *« Puis-je le boire, le mixer, le sécher, le confire ou le fermenter ? »* Neuf fois sur dix, la réponse est oui. Cette gymnastique transforme une contrainte écologique en avantage gustatif... et en vraie économie. Une carcasse devient un bouillon clair comme une aube d'hiver ; une peau d'agrume s'endort dans un pot de sucre avant de parfumer un sablé ; un légume fatigué reprend vigueur en rôtissant, comme si la chaleur réveillait sa mémoire. On gagne sur tous les tableaux : en saveur, en conscience, en liberté.

Composer un menu réussi, c'est comme faire tournoyer un grand cru dans un verre : on cherche l'équilibre, on laisse l'arôme s'ouvrir, on accepte qu'une petite imperfection devienne un trait de caractère. Osez la simplicité : deux saveurs, trois textures, un fil conducteur limpide, le respect absolu de la saison... et cette souplesse d'athlète qui permet de se réinventer quand le vent change. Alors, chaque assiette portera la mémoire de votre marché intérieur, et celui qui y goûtera entendra déjà votre histoire avant même d'en prendre la première bouchée.

6

BLUFFEZ AVEC DES RECETTES
SIMPLES ET ÉLÉGANTES

Bluffer en cuisine, ce n'est pas sortir un tour de magie, c'est offrir l'illusion de la sophistication avec une simplicité désarmante et, surtout, avec sincérité. J'ai toujours pensé qu'un plat n'est grand que s'il se nourrit de deux ingrédients invisibles : le partage et la générosité. C'est ainsi que j'ai bâti ma réputation auprès de clients prestigieux. Et ne vous méprenez pas : vos clients prestigieux à vous, ce sont vos parents, vos enfants, vos amis, vos familles, vos voisins. Chacun d'eux mérite le meilleur de ce que vous pouvez offrir : un geste précis, un produit authentique, une attention qui fait mouche.

Pour une entrée qui arrête le temps, je n'ai besoin que de trois critères : une exécution rapide, des saveurs nettes, et un contraste visuel qui fait saliver avant même de goûter. C'est le même trio d'exigences qui guide mon apéro dînatoire. Oubliez les plateaux gonflés de feuilletés congelés ; je préfère quelques petites bouchées sincères, comme un risotto crémeux servi dans un joli bol en porcelaine : un grain *al dente*, un filet d'huile truffée… et voilà l'Italie qui s'invite à table. Ou un ceviche minute, taillé dans une daurade, arrosé de jus d'agrumes, mon éternelle passion, et couronné d'herbes fraîches. Les poissons de roche méditerranéens adorent ce traitement : iodés, vibrants, ultra-digestes.

Et puis, il y a le tataki, ce bluff qui ne prend que quatre-vingt-dix secondes. Le secret ? Un thon qualité sushi, coupé en long pavé régulier (car la régularité, c'est la clé). On saisit quatre faces sur une plancha brûlante, quinze secondes chacune, pas une de plus. Puis, un bain express dans ma sauce aigre-douce composée de soja, de vinaigre de riz, de miel, de gingembre, de piment et de sésame, et un repos sous film, le temps que la chaleur résiduelle détende la chair. Une découpe en tranches fines, un voile de graines de sésame... et tout est là. En bouche, le duel tendre du cru-cuit ; à l'œil, le rouge carmin ceinturé de brun brillant ; et dans l'esprit, cette impression d'un travail d'orfèvre, alors que la main du cuisinier a simplement laissé la précision faire le spectacle.

MA RECETTE DE CHEF
SAUCE AIGRE-DOUCE À MA FAÇON

Il suffit parfois d'une cuillerée pour changer la physionomie d'un plat. Cette sauce aigre-douce, c'est mon passeport express pour l'Asie : le sucre qui caramélise doucement, le vinaigre qui pique l'air de sa note vive, le *nuoc-mâm* qui apporte sa profondeur iodée, et le piment d'Espelette qui, comme un clin d'œil basque, chauffe la fin de bouche. Elle a ce talent rare de réveiller une friture croustillante, d'enlacer un poisson grillé ou de rendre un simple légume sauté irrésistible. À peine préparée, elle emplit la cuisine d'un parfum à la fois gourmand et intrigant, promesse tenue à la première bouchée.

Pour 400 g de sauce
Préparation : 10 minutes
Cuisson : 15 minutes

Ingrédients : 85 g de sucre en poudre ; 60 g de vinaigre blanc ; 35 g de sauce de poisson *nuoc-mâm* ; 175 g de sauce chili, filtrée au chinois ; 30 g de sauce soja ; 1 botte de cébettes ; 1 poivron rouge ; 2 gousses d'ail ; 1 bonne pincée de piment d'Espelette

Dans une petite casserole, versez le sucre, le vinaigre blanc et le *nuoc-mâm*. Portez doucement à ébullition et laissez réduire jusqu'à obtenir un sirop souple, à la brillance légèrement ambrée. Hors du feu, incorporez la sauce chili filtrée et la sauce soja, puis réservez au chaud.

Taillez les cébettes en fines rondelles, le poivron en brunoise délicate. Épluchez et hachez les gousses d'ail avec précision, comme pour un tartare. Ajoutez cébettes, poivron, ail et piment d'Espelette à la base sirupeuse, mélangez avec une spatule souple pour enrober chaque morceau de légume dans le laquage parfumé.

Cette sauce, à la fois vive, suave et piquante, se marie parfaitement avec des beignets de crevettes, des accras, ou toute friture fine à laquelle elle apportera un contraste de fraîcheur et d'éclat.

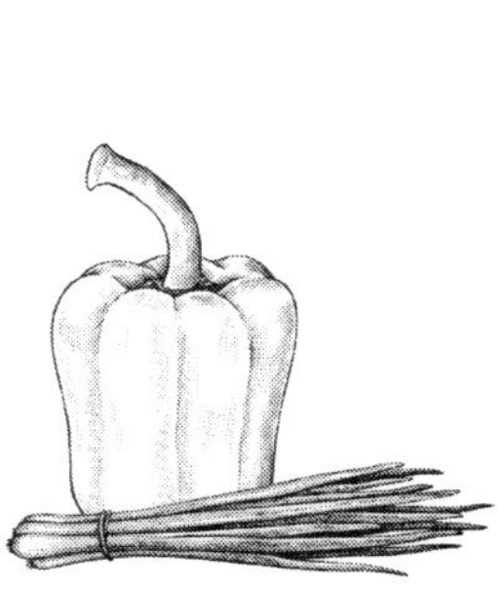

MON ASTUCE DE CHEF : si vous préparez la sauce à l'avance, laissez-la reposer deux heures à température ambiante avant de servir : les parfums se fondent et gagnent en profondeur.

Il est un ingrédient que l'on relègue trop souvent au rang des garnitures oubliées, alors qu'il a tout pour jouer les premiers rôles : la lentille verte. Pas sa cousine corail, molle et sans caractère, mais la vraie, charnue, qui garde sa tenue en bouche. C'est une alliée précieuse que je vous conseille de toujours garder dans l'épicerie : elle traverse les saisons, se plie aux envies, et transforme un reste de frigo en assiette fière.

Je la cuis 18 minutes dans un bouillon de légumes, juste assez pour qu'elle reste ferme sous la dent. Égouttée, je la verse dans une poêle chaude avec un filet d'huile d'olive : les grains s'ouvrent, toastent, libèrent un parfum de noisette grillée. Puis je glisse des suprêmes d'orange et de pamplemousse, et j'arrose d'un vrai vinaigre de noix, profond et parfumé. À table, l'agrume réveille la légumineuse, la noix apporte la rondeur, et le tout chante l'accord parfait… pour un prix plus doux qu'un bouquet de fleurs.

Mon petit + : servez la salade de lentilles tièdes.

MA RECETTE DE CHEF

SALADE DE LENTILLES GRILLÉES, AGRUMES ET NOIX

Pour 4 personnes
Préparation : 10 minutes
Cuisson : 25 minutes

Ingrédients : 250 g de lentilles vertes du Puy ; 1 orange + 1 pamplemousse (suprêmes + jus) ; 1 petite échalote finement ciselée ; 40 g de cerneaux de noix torréfiés, concassés ; 3 cuillerées à soupe d'huile d'olive fruitée ; 1 cuillerée à soupe de vinaigre de noix (ou de Xérès, à défaut) ; fleur de sel, poivre du moulin

Rincez les lentilles puis démarrez-les à froid dans un bouillon léger de légumes (ou une eau légèrement salée). Comptez 18 minutes à frémissement pour qu'elles restent al dente. Égouttez soigneusement.

Versez l'huile d'olive dans une poêle large. Ajoutez les lentilles encore chaudes et faites-les sauter 3 à 4 minutes, jusqu'à légère coloration. Salez, poivrez, laissez tiédir.

Prélevez les suprêmes d'orange et de pamplemousse, recueillez le jus pour la vinaigrette. Coupez chaque suprême en deux ou trois morceaux.

Dans un bol, mélangez le jus d'agrumes récupéré avec le vinaigre de noix et l'échalote. Émulsionnez à la fourchette en incorporant 1 cuillerée à soupe d'huile d'olive. Rectifiez l'assaisonnement.

Mélangez délicatement les lentilles grillées, les morceaux d'agrumes et les noix torréfiées. Nappez de vinaigrette, servez tiède ou à température ambiante.

MON ASTUCE DE CHEF : offrez à vos lentilles cette double texture irrésistible : croquantes en surface, moelleuses au cœur. En hiver, remplacez les noix par des noisettes et le pamplemousse par une clémentine bien juteuse pour un accord encore plus chaleureux.

L'audace, première étincelle

Mon premier véritable acte de bravoure n'a pas été un ceviche ciselé au millimètre ni un soufflé gonflé comme un nuage : c'était une pièce montée en nougatine, dressée à treize ans dans la cuisine étroite de la maison familiale. J'avais dérobé un vieux thermomètre à sucre taché d'oxydation et récupéré une casserole cabossée au fond du placard, avant d'y mettre le caramel à fondre jusqu'à 155 °C, l'œil rivé sur la graduation rouge écarlate, les mains moites de trac. Chaque clapot du sucre en fusion libérait une odeur chaude et ambrée qui me ramenait à ma grand-mère Laurence, penchée l'été sur sa bassine de confiture de mûres ou de fraises, qu'elle faisait tourner avec une vieille spatule comme une potière son argile. Elle répétait : « Quand ça crépite, c'est que le goût se construit. » Ce jour-là, j'avais décidé de construire, moi aussi, et pas seulement une pièce montée, mais ma toute première ambition de cuisinier.

Quelques années et plusieurs essais plus tard, on m'a commandé ma première pièce montée officielle. Le jour de la livraison, à l'Hôtel de France, à Auch, où je faisais mon tout premier stage, je suis arrivé avec ma pyramide un peu bancale : les choux penchaient légèrement à gauche, la nougatine perlait de fines larmes dorées. Mon grand-père Étienne a posé sa main sur mon épaule :

— Pas grave si le sucre coule, l'essentiel, c'est qu'il brille.

Il a croqué le premier chou, les yeux plissés de plaisir, et j'ai compris que l'audace n'était pas de frôler la perfection, mais d'oser présenter quelque chose qui vient du cœur. Ce jour-là, j'ai su que ma vocation tenait aussi à cela : un mélange de trac, de fierté et du regard émerveillé de ceux qui goûtent. Oui, il faut croire en soi, se faire confiance… et surtout bien s'entourer pour atteindre ces étapes si personnelles.

La sensation d'avoir dompté le caramel a été un véritable déclencheur : si je pouvais apprivoiser du sucre à 200 °C, le tenir au bord de la brûlure sans le laisser basculer, alors je pouvais tout tenter. Ce n'était plus seulement de la pâtisserie, c'était une promesse silencieuse faite à moi-même : celle d'oser affronter toutes les chaleurs, toutes les pressions, et d'y trouver ma place.

Depuis, j'ai rempli un carnet numérique comme on remplirait une cave précieuse : recettes croisées au fil des voyages, notées à la volée, parfois « brevetées » après des heures d'essais dignes de la haute gastronomie. Trois ans de saisie patiente, de titres griffonnés entre deux services, de proportions ajustées au gramme près. Aujourd'hui, si je tape « dessert chocolat cacahuète », dix propositions surgissent aussitôt, comme dix commis prêts à se mettre au travail. Cette base de données est mon garde-manger invisible : elle sauve des soirées improvisées, relance un menu qui fatigue et, surtout, aiguise l'imagination quand l'inspiration commence à somnoler.

Je vous en conjure... Faites la même chose. Gardez les yeux grands ouverts, les narines en alerte : chaque journée regorge de petites inspirations et de grands souvenirs L'audace, ce n'est pas de réinventer la roue, c'est d'écouter cette petite voix intérieure et de lui faire confiance. Le cerveau est une merveille d'ingéniosité, le cœur encore plus. Mélangez les deux, et vous tiendrez entre vos mains – et dans vos casseroles – de quoi créer le plus beau plat du monde.

Je n'ai jamais compris ceux qui affirment ne pas savoir cuisiner. Vous avez du cœur ? Vous avez un passé ? Vous avez de l'instinct ? Ajoutez-y la rigueur, le travail, la précision, et vous pourrez tout faire. Chacun de mes menus naît ainsi : un souvenir au moulin de mon grand-père, un conseil glissé par ma grand-mère en préparant ses plats généreux, et le sourire de ma mère, lorsqu'elle voit les convives savourer.

À ces madeleines de Proust s'ajoute l'étincelle du marché du matin, l'envie simple de faire plaisir, et mon fil conducteur infaillible : deux saveurs, trois textures. À ce moment-là... c'est « le bon Dieu en culotte de velours ».

Tout le monde peut-il devenir cuisinier ?

On m'a souvent posé cette question. Je n'ai jamais hésité quant à la réponse. Et si vous m'avez lu attentivement depuis la première page, vous le savez déjà : la réponse est un grand OUI : à condition d'aimer se frotter à soi-même. Cuisiner, c'est l'école de la remise en question permanente : chaque service remet votre ego au pas.

Si vraiment vous souhaitez vous lancer d'un point de vue professionnel, ma petite voix sera toujours là pour vous encourager. Pour démarrer, je conseille un CAP dans une maison bienveillante ; fuyez les brigades toxiques où le « bizutage » est sport national. J'ai connu un chef poissonnier si violent que j'en ai explosé de larmes dans ma chambre de dortoir. Il m'imposait de préparer ou goûter ces jus d'huîtres à six heures du matin. Pour me dégoûter. Pour me couper l'envie. Pour m'éloigner de ma passion. L'isolement, les horaires de nuit, l'adolescence sacrifiée, tout ça forge le caractère. Mais la dureté doit rester juste ; sinon, elle casse.

Là où d'autres auraient jeté l'éponge, j'ai trouvé mes appuis dans les bons regards, les bons mots, les bonnes mains tendues. Un commis qui vous glisse un café brûlant entre deux coups de feu, un chef de partie qui prend le temps d'expliquer au lieu d'humilier, un producteur qui vous parle de sa terre avec la fierté d'un père... Ce sont ces instants qui m'ont maintenu debout.

La passion seule ne suffit pas ; elle a besoin d'oxygène. Et cet oxygène, ce sont les gens qui vous entourent, ceux qui croient en vous quand la fatigue vous plie en deux. Avec eux, les horaires impossibles deviennent des défis, les coups durs des leçons, et chaque service, même le plus chaotique, un pas de plus vers le cuisinier que vous voulez être.

Mon test d'embauche secret ne figure dans aucun manuel : je préfère cent fois un commis maladroit mais profondément bienveillant à un virtuose qui méprise les autres. Le premier apprendra, s'épanouira, fera grandir toute la brigade ; le second, aussi brillant soit-il, finira par assécher l'âme de la cuisine.

Se consoler en cuisinant

Lorsque le monde gronde trop fort, je me réfugie dans la cuisine comme on s'enroule dans un plaid chaud. Je coupe le téléphone, j'éteins la musique ; seul reste le cliquetis régulier du couteau, ce battement apaisant qui remet l'ordre dans la tête. Après la disparition de mes grands-parents (papi en 2008, mamie en 2014), chaque geste culinaire est devenu un rituel de mémoire. J'ai ressorti leurs vieux carnets tachetés de sauce et de sucre, pages gondolées par la vapeur, et j'y ai retrouvé l'écriture appliquée mais hésitante de ma grand-mère : « *Riz au lait : 480 g de riz rond, patience obligatoire.* » Dans cette phrase, il y avait déjà toute la philosophie... et tout le réconfort du monde.

Je refais ce riz au lait les soirs de tempête intérieure. Je pèse scrupuleusement les 480 grammes, je laisse le riz gonfler à feu doux jusqu'à ce que l'odeur d'enfance tapisse chaque recoin de la pièce. Puis, en guise de signature j'ajoute une gousse charnue de vanille de Tahiti et un voile de cassonade brune qui fond comme un souvenir sucré. C'est ma façon de leur parler encore : leur recette d'hier, portée par mon accent d'aujourd'hui.

Je revois aussi ma grand-mère, c'était hier à peine, plier un billet de cinquante euros en quatre et me le glisser dans la main : « Mon Bibi, si un jour tu as un souci, tu auras toujours ça. » Ce carré de papier, à peine cinq centimètres de côté, a longtemps dormi dans la poche de mon pantalon de service. Chaque fois que le découragement me saisissait, je le frôlais du bout des doigts, et aussitôt j'entendais leur voix : « *Continue, fais de ton mieux, c'est déjà beaucoup.* » Mais ce n'était pas de l'argent qu'elle me donnait : c'était un rappel, clair et simple, que l'authenticité et la simplicité de mon passé veilleraient toujours sur moi.

Cuisiner seul, dans le silence, c'est un exercice de respiration : je bats une crème, je bats un souvenir ; je réduis un bouillon, je réduis ma peine. La casserole devient un métronome qui remet mes idées en mesure. Et quand la cuillère se pose enfin sur mes lèvres, je sais qu'à travers la fumée légère, quelque part, Laurence et Étienne goûtent avec moi, et m'adressent ce sourire invisible qui disait tout sans un mot.

Plat signature : comment reconnaît-on Valentin Néraudeau ?

Ah, le « plat signature »... cette empreinte invisible qu'on laisse dans l'assiette et qui, même les yeux bandés, trahit le cuisinier. Comme un parfum dans un couloir vide, il persiste après le service. Mes proches disent qu'ils me reconnaissent à trois signes. D'abord, la cuisson millimétrée. Jamais au hasard. Elle naît de gestes précis, calibrés par mes voyages en Asie, où la moindre seconde peut transformer une chair nacrée en chair terne. Ensuite, l'assaisonnement : un travail de joaillier. Le sel est mon scalpel : une pincée en trop mutile, une pincée en moins laisse l'assiette inachevée. Enfin, la fraîcheur. Toujours ce dernier geste qui claque : un éclat de zeste, une herbe ciselée, un trait de vinaigre vif qui réveille tout le reste.

Donnez-moi un filet de saint-pierre, une mousseline légère comme un nuage, un jus réduit jusqu'à l'âme, et cette herbe fraîche qui arrive à la toute dernière seconde : mes proches sourient et disent, presque en chuchotant, *« Valentin est passé par là »*.

C'est cela, ma signature. Elle est intime, presque instinctive. Et vous ? Quel est le fil conducteur qui traverse vos assiettes, vos gestes, votre quotidien ? Voici quelques-uns de mes plats signatures… À vous d'y apposer votre paraphe.

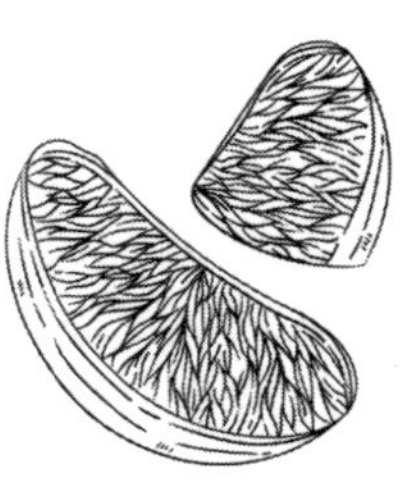

MES PLATS-SIGNATURE FACILES
À REPRODUIRE

SALADE FRAÎCHEUR DE CRABE PAMPLEMOUSSE ROSE, CÉLERI-RAVE, CITRON VERT VINAIGRETTE AUX PIGNONS DE PIN ET GRAINES DE MOUTARDE

Pour 4 personnes
Préparation : 15 minutes
Aucun temps de cuisson

Ingrédients : 200 g de chair de crabe bien égouttée ; 1 citron vert (jus + zeste) ; 1 pamplemousse rose ; 60 g de céleri-rave ; 1 tomate mûre à point

Pour la vinaigrette : 60 g de crème liquide ; 20 g de graines de moutarde ; 40 g de pignons de pin torréfiés ; 1 jus de citron vert ; fleur de sel, poivre du moulin

Déposez la chair de crabe dans un saladier. Zestez et pressez le citron vert par-dessus, puis mélangez délicatement pour imprégner la chair de ses parfums vifs. Prélevez les suprêmes de pamplemousse et coupez-les en dés réguliers. Détaillez le céleri-rave en fine brunoise, blanchissez-le 1 minute dans l'eau bouillante salée puis rafraîchissez-le aussitôt dans l'eau glacée pour fixer sa blancheur. Coupez la tomate en petits cubes bien nets, en retirant l'excédent de jus. Ajoutez au crabe les dés de pamplemousse, de céleri et de tomate. Mélangez avec précaution pour conserver les volumes et l'éclat visuel.

Mixez la crème liquide, les graines de moutarde, les pignons torréfiés et le jus de citron vert jusqu'à obtention d'une texture lisse et onctueuse. Assaisonnez de fleur de sel et donnez un tour de poivre du moulin.

Disposez un cercle de salade de crabe au centre d'assiettes bien froides. Nappez d'un cordon de vinaigrette, parsemez de quelques pignons entiers et terminez par un zeste de citron vert fraîchement râpé pour réveiller l'ensemble.

MON ASTUCE DE CHEF : mixez la vinaigrette au dernier moment : la moutarde conservera son piquant et les pignons leur parfum franc.

POÊLÉE DE PETITS FRUITS AU POIVRE ET AUX AGRUMES CRÈME DE YAOURT AU CHOCOLAT BLANC

Pour 4 personnes
Préparation et cuisson : 20 minutes

Ingrédients : 125 ml de miel ; 12 fraises ; 12 cerises Bing ; 24 framboises ; 12 mûres ; 24 bleuets ; 12 cerises de terre ; 5 cuillerées à soupe de jus de citron ; le zeste de 1 citron ; poivre fraîchement moulu

Pour la crème de yaourt au chocolat blanc : 240 g de chocolat blanc ; 160 ml de crème liquide à 35 % ; 215 g de yaourt nature

Attention : les petits fruits demandent très peu de cuisson, un simple aller-retour dans une poêle bien chaude concentre leurs arômes sans les dénaturer.

Mettez le chocolat dans un saladier. Portez la crème à ébullition dans une petite casserole, puis versez-la aussitôt sur le chocolat. Laissez reposer 1 minute pour que la chaleur assouplisse le chocolat et facilite l'émulsion.

Fouettez jusqu'à ce que le mélange devienne parfaitement lisse et homogène. Incorporez le yaourt, toujours au fouet, puis terminez en mélangeant délicatement à la Maryse afin de ne pas trop battre la crème, un excès de fouettage pourrait la rendre granuleuse. Réservez au frais.

Dans une grande poêle, chauffez le miel à feu vif et laissez-le bouillonner légèrement. Ajoutez tous les fruits en même temps et faites-les sauter quelques secondes seulement, juste pour les enrober et réveiller leurs parfums.

Retirez du feu, ajoutez le zeste de citron et donnez quelques tours de moulin à poivre.

Répartissez la poêlée de fruits bien brillante dans des assiettes creuses préalablement refroidies. Déposez au centre une généreuse cuillerée de crème de yaourt au chocolat blanc. Servez aussitôt, pendant que les fruits sont encore tièdes, pour jouer sur le contraste chaud-froid.

RISOTTO À LA TRUFFE, MASCARPONE ET VIEUX PARMESAN

Pour 4 personnes
Préparation : 10 minutes
Cuisson : 18 minutes

Ingrédients : 320 g de riz Carnaroli (ou Arborio) ; 1 petite échalote, finement ciselée ; 10 cl de vin blanc sec ; 1 litre de bouillon de volaille frémissant (légèrement réduit, non salé) ; 60 g de mascarpone (bien froid) ; 70 g de vieux parmesan fraîchement râpé (+ copeaux pour le dressage) ; 20 g de beurre doux ; 1 cuillère à soupe d'huile d'olive douce ; 1 truffe noire fraîche (env. 20 g), brossée et séchée ; fleur de sel, poivre du moulin

Faites suer l'échalote dans l'huile d'olive et 10 g de beurre, sans coloration. Ajoutez le riz et nacrez-le 2 minutes : chaque grain doit devenir translucide, c'est la clé d'un risotto crémeux.

Versez le vin blanc ; laissez-le s'évaporer presque entièrement en mélangeant régulièrement.

Ajoutez le bouillon chaud, louche après louche, à feu doux. Remuez constamment et attendez que le liquide soit absorbé avant d'ajouter la suivante. Comptez environ 15 minutes. Le riz doit rester légèrement ferme au cœur.

L'émulsion l'italienne (mantecatura) Hors du feu, incorporez le mascarpone et le parmesan râpé. Remuez vivement pour obtenir une texture parfaitement onctueuse. Rectifiez l'assaisonnement avec une pointe de fleur de sel et de poivre poivrez fraîchement moulu.

Servez avec la truffe. Râpez la moitié de la truffe dans le risotto, mélangez brièvement pour l'infuser. Dressez immédiatement dans des assiettes chaudes, ajoutez quelques copeaux de parmesan et de fines lamelles de truffe fraîche. Servez sans attendre : la chaleur doit porter la truffe jusqu'au nez du convive avant même la première bouchée.

MON ASTUCE DE CHEF : gardez toujours le bouillon frémissant : un liquide trop froid stoppe la cuisson et brise l'élan crémeux du riz. Et n'oubliez jamais que la *mantecatura* se fait hors du feu : incorporez le mascarpone bien frais et le parmesan râpé à ce moment précis. C'est ce geste qui donne au risotto son éclat soyeux, aérien mais riche, ma petite signature maison.

CRÉMEUX FRAMBOISE ET CITRON VERT

Pour 6 verrines
Préparation : 15 minutes
4 heures de prise

Ingrédients : 250 g de purée de framboise (100 % fruit, sans sucre ajouté) ; 80 g de sucre blond de canne ; 3 œufs entiers (calibre M) ; 80 g de beurre doux, coupé en petits dés bien froids ; zeste finement râpé de 2 citrons verts + 1 cuillerée à soupe de jus ; 80 g de framboises fraîches pour la finition ; quelques pluches de menthe ou de basilic pourpre (facultatif)

Cuisez au bain-marie. Dans un cul-de-poule, fouettez vivement les œufs, le sucre, la purée de framboise et le jus de citron vert. Posez le bol sur une casserole d'eau frémissante (le fond ne doit pas toujours l'eau). Faites épaissir en mélangeant sans cesse pendant 8 à 10 minutes, jusqu'à ce que la crème nappe la spatule.

Hors du feu, ajoutez les dés de beurre froids et le zeste de citron vert. Mixez au mixeur plongeant 30 secondes pour lisser et monter légèrement le crémeux.

Coulez la préparation encore tiède dans 6 petits verres (ou fonds de tartelettes, si vous préférez). Tapotez doucement pour chasser les bulles. Filmez au contact, placez au réfrigérateur 4 heures minimum.

Déposez quelques framboises fraîches sur chaque verrine, puis, si vous le souhaitez, une feuille de menthe ou de basilic pourpre. Ajoutez un voile de zeste de citron vert pour réveiller le parfum.

MON ASTUCE DE CHEF : ajoutez toujours le beurre hors du feu puis mixez : c'est ce qui donne au crémeux une texture soyeuse, ferme sans gélifiant. Pour un effet « pétales givrées », roulez les framboises dans un voile de sucre glace juste avant de les poser : elles scintillent et gardent leur fraîcheur.

Quelques idées :

Demies-pêches rôties au miel de romarin, crème glacée verveine maison pour rafraîchir.

Tarte « bergamote » déstructurée : sablé breton émietté, curd bergamote, segments jaune-or, chantilly allégée.

En cuisine, l'élégance ne se mesure pas au nombre d'ingrédients ni à la complexité des gestes, mais à la justesse d'un accord et à la sincérité de celui qui l'offre. Élégance rime avec simplicité et authenticité. Ce n'est pas l'artifice qui émeut, mais la vérité d'un fruit cueilli à point, d'une cuisson respectée, d'un assaisonnement net. Quand la main du cuisinier disparaît derrière le naturel du goût, alors l'élégance est atteinte.

Ma mère m'a appris qu'une assiette parle avant même qu'on y goûte : elle doit éveiller un sourire, jamais chercher à impressionner. Une assiette réussie, c'est d'abord un éclat de couleur qui accroche l'œil, un parfum qui monte comme une promesse, une texture qui appelle le geste. Avant même la première bouchée, le convive sait qu'il va vivre quelque chose. Suivez ce fil invisible : deux saveurs qui dialoguent, trois textures qui se répondent, des gestes clairs, le respect de la saison, un refus du gaspillage et ce grain d'audace qui surprend sans brutalité. C'est ainsi que l'on bluffe une table, non par fracas, mais par évidence. Et si l'imprévu surgit, une sauce qui accroche, un four qui s'éteint, une panne d'ingrédient, ne cédez pas au vertige : respirez, recentrez-vous sur l'essentiel, improvisez avec ce qui reste. Car la cuisine, comme la vie, récompense toujours ceux qui savent transformer un accroc en trouvaille, un obstacle en saveur nouvelle.

À votre tour, maintenant, de poser votre signature. Elle n'a pas besoin de prendre la forme d'un banquet spectaculaire ni d'un plat digne des grands concours. Peut-être sera-t-elle un simple tataki saisi avec justesse, une gaufre de pomme de terre dorée comme un soleil d'hiver, ou simplement une vinaigrette si juste qu'on en retient le parfum toute une vie. L'envergure importe peu : ce qui compte, c'est que l'assiette parle de vous, qu'elle murmure votre sincérité, qu'elle livre un peu de votre cœur. Offrez-la avec amour, dépouillée de tout artifice inutile. Sans superflu, (oui, j'insiste !), car la vérité d'un cuisinier se reconnaît toujours à ce qui reste quand on a ôté l'ornement.

7

L'ART DE LA TABLE,
L'ÉCRIN DES SAVEURS

Le dressage, c'est l'instant où la bouche se met en scène avant même la première bouchée. On dit souvent que « l'on mange d'abord avec les yeux » : ce n'est pas une formule, c'est une vérité. Pour moi, c'est un rituel. L'assiette doit provoquer un silence bref, une suspension. Quand un convive hésite quelques secondes à saisir ses couverts parce qu'il contemple le plat, alors le pari est gagné. Dans ce regard suspendu se joue déjà le goût : la promesse d'une histoire, le désir d'y plonger.

La table est une scène, et l'assiette son premier projecteur. Ma règle d'or : minimalisme assumé. L'œil doit se poser, trouver un point d'ancrage, pas s'égarer dans une kermesse de couleurs. Je collectionne les services des années 1940-1950 avec leurs émaux patinés, leurs filets d'or discrets : un luxe qui chuchote au lieu de crier. Quand j'en choisis l'un de ces trésors pour un dîner, je décide qu'il sera la seule folie visuelle ; tout le reste doit s'effacer.

Imaginez : une grande assiette de présentation, ivoire torsadé, bord légèrement craquelé comme une porcelaine qui aurait déjà vécu mille repas. Elle reste en place tout au long du dîner, fil conducteur silencieux. Vient ensuite l'entrée, servie dans une porcelaine plus simple, presque nue : le socle crée la continuité, le plat dépose la surprise. Une couleur maîtresse, une autre pour l'accompagner, jamais davantage. L'excès brouille le regard. Le rouge et le jaune, par exemple, crient trop fort ensemble : je les évite. Si l'assiette déborde déjà de tomates cœur-de-bœuf et de roquette, inutile d'y ajouter une fleur écarlate. Je préfère glisser une touche de crème... ou parfois ne rien ajouter du tout. Car le silence en cuisine, comme en musique, est un relief précieux.

La même logique vaut pour le volume : j'aime que la garniture s'élève comme une colline douce, régulière, jamais comme une Tour de Pise prête à vaciller. Le relief doit inviter le regard à grimper puis à redescendre, comme une promenade naturelle. Un dressage simple, oui, mais maîtrisé malgré tout. Car même la sobriété demande une main ferme : trop bas, l'assiette paraît plate et sans souffle ; trop haute, elle se transforme en sculpture fragile. Le bon équilibre, c'est celui qui tient sans effort apparent, comme si la nature elle-même avait déposé les ingrédients ainsi.

Dans ma cuisine, le dressage tient presque du rituel. J'attrape d'abord ma pince en inox, fine comme un stylo de calligraphe. Jamais les doigts : la chaleur de la peau écraserait la feuille de basilic, troublerait le pétale fragile. Je pince toujours au tiers, pas au bout, ainsi l'élément reste stable. Je descends doucement, à la verticale, et je laisse la gravité finir le geste. C'est elle, la vraie cheffe de l'alignement, moi je ne fais qu'accompagner.

Puis vient la cuillère. J'en choisis une au bord délicat, légèrement creuse, que je trempe dans l'eau chaude avant de l'essuyer d'un coup sec. Elle glisse alors comme une plume. Je prélève un crémeux, le dépose au centre de l'assiette et, dans un seul mouvement, je pousse et je tire. Une virgule naît, satinée, comme un trait de pinceau qui oriente le regard. Parfois, j'ajoute une microgoutte d'huile d'olive sur le dos de la cuillère : le sillage se pare alors d'un reflet gourmand, presque sensuel.

Enfin, je garde toujours dans ma main gauche un carré de toile humide, compagnon discret. Après chaque geste, je tourne l'assiette d'un quart de cercle. Si une trace apparaît, je l'effleure de l'intérieur vers l'extérieur. Jamais l'inverse, pour ne pas ramener la sauce au cœur de la scène. Puis je me redresse, j'élève l'assiette à hauteur d'yeux : un rebord immaculé donne aussitôt l'impression d'une partition maîtrisée.

Je termine souvent par une herbe fraîche déposée, une huile parfumée ou quelques grains de fleur de sel au sommet, comme un accent final. Elle n'a pas vocation à faire réfléchir mais à inviter à plonger. C'est un clin d'œil à ma mère, Bénédicte, qui alignait autrefois ses terrines sur un simple plat ovale blanc. Sa seule fantaisie ? Quelques grains de fleur de sel jetés comme des étoiles. J'avais dix ans. Je me souviens encore du craquement délicat de ces cristaux sous la dent : la mise en scène avait préparé ma joie avant même que la terrine n'effleure mes lèvres.

Décoration et atmosphère : l'accord mets-lumière-silence

Avant même d'allumer le four, je me pose toujours la question essentielle : *pourquoi se réunit-on ce soir ?* Est-ce pour une tribu qui se retrouve, pour deux êtres qui se cherchent, ou pour une bande qui éclate de rire à la première gorgée ? La réponse oriente tout : la lumière, les couleurs, la musique, la table elle-même.

Dîner familial

Dans ces moments-là, la table doit respirer le partage. J'installe un seul centre, pas plus : quelques fleurs des champs : pois de senteur fragiles, marguerites espiègles, glissées dans des soliflores de hauteurs variées. Rien ne doit barrer la vue : les regards doivent circuler comme les histoires. Deux bougies larges suffisent, leur scintillement rappelle la flamme du rôti qu'on arrose au jus. La vaisselle ? Volontairement dépareillée, comme les souvenirs de famille qui s'imbriquent. Et quand j'arrive avec une blanquette fumante, le riz pilaf nacré, les carottes glacées et les champignons satinés, le plat central devient le vrai bouquet.

Soirée romantique

Ici, chaque détail compte, mais tout doit sembler naturel. J'imprègne l'air d'un jazz discret, instrumental, qui couvre la rumeur de la rue mais pas les mots chuchotés. Sur la table, un camaïeu pastel, doux comme un Monet : roses couchées, jamais dressées, pour éviter le piège du discours trop solennel. Tout est pensé pour éviter les allers-retours vers la cuisine : une Saint-Jacques juste snackée, posée sur une purée de topinambour fumé, nappée d'un jus perlé. Puis un soufflé au chocolat, déjà moulé d'avance, qu'il suffira d'enfourner dix minutes avant la fin du plat. Le temps de la conversation ne doit jamais se fissurer : l'assiette prolonge l'intimité.

Bande de copains

Ici, pas besoin de chichis : seules les bougies rythment l'ambiance. Les fleurs ? Inutiles, elles feraient jaser vos potes, et ce soir, on veut des rires francs, pas des remarques goguenardes. Sur la table, j'aime lancer l'attaque par du brut : pain grillé beurré, lamelles de truffe, sel de Guérande. L'impact est immédiat, généreux. Puis les mezzés entrent en scène, trio complice : houmous au citron confit, carottes rôties cumin-miel, betterave éclatante à la feta et à la menthe. Les bols circulent, les doigts se tendent, les assiettes s'entrechoquent. Et enfin, le clou du spectacle : un grand poisson rôti, sauce vierge brûlante, découpé devant tout le monde. Là, le silence s'installe un instant : le respect face au plat. Ensuite, service à l'assiette, comme au restaurant, pour rappeler que la générosité peut être aussi élégante.

Cinq éclairages low-cost qui flattent les plats

Parce qu'une assiette se savoure d'abord avec les yeux, la lumière doit jouer son rôle de chef d'orchestre. Inutile de courir les magasins de design : avec trois fois rien, vous pouvez sublimer vos plats comme dans un magazine.

Bougies chauffe-plat glissées en verrines

Glissez-les dans de petits verres transparents : la flamme se reflète et enveloppe chaque mise en bouche d'un halo doré. Le dîner prend aussitôt un air de fête intime.

Guirlande LED « fil de cuivre ». Faufilez-la entre les assiettes comme un bijou discret. Sa lumière à 2 700 K caresse les tonalités crème et caramel : une tarte tatin devient tableau.

Petite lampe de bureau orientable. Posez-la à côté du plan de travail, remplacez l'ampoule par une blanche neutre (4 000 K). Les verts d'un ceviche éclatent, laqué d'une sauce devient miroir. Orientez-la à 45° : adieu ombres dures, bonjour relief.

Spots pince à LED. Clipsés sur une étagère, ils transforment un buffet banal en scène de théâtre. Plateau de fromages, pièce montée... tout gagne soudain en intensité.

Réflecteur maison. Un carton, un morceau de papier alu, et voilà votre lumière de studio. Placez-le côté ombre : il renvoie une clarté douce et efface les contrastes trop durs. Astuce magique pour photographier vos plats sans équipement pro.

Marier mets et vins : initiation sans prise de tête

Je ne suis pas sommelier. Mais j'ai eu la chance de croiser un homme qui a changé ma manière de regarder un verre de vin. Son nom ? Antoine Pétrus, oui, Pétrus... comme si le destin avait voulu placer sur ma route ce sommelier devenu directeur général du Taillevent, restaurant gastronomique à Paris. À New York, lorsque je cuisinais pour de grandes personnalités, George Clooney, entre autres, le vin me terrifiait plus que la cuisson d'une pièce de bœuf ou le montage d'un soufflé. Je savais qu'un faux pas pouvait faire vaciller l'harmonie du dîner. Mais vous commencez à me connaître : je ne cède ni au stress ni à la panique. J'ai observé, j'ai écouté. Antoine m'a alors offert une règle d'une simplicité lumineuse : « Oublie d'abord les arômes. Cherche la texture. »

Il parlait d'acidité, de gras, de tanins, comme on parle de velours, de soie ou de lin. Ensuite, seulement, venait l'accord avec la sensation dominante du plat : crémeux, iodé, épicé.

Et soudain, tout s'est éclairé. Un bourgogne blanc minéral se met à chanter face à une cuisine légère aux accents méditerranéens. Un chardonnay ample et beurré enlace un beurre blanc comme deux danseurs complices. Un rouge croquant, type Gamay, croque littéralement dans une tomate confite ou une viande rosée. Cette clé-là, je la garde précieusement : le vin ne vient pas *après* la cuisine, il en est l'écho tactile.

Antoine m'avait confié sa règle d'or : « Cherche d'abord la texture du vin, acide, gras, tannique, avant même de penser aux arômes. » Depuis ce jour, je n'ai plus jamais levé un verre sans écouter ce qu'il me racontait. Tout part d'un dialogue : la texture du vin répond à la sensation dominante du plat. Un plat crémeux appelle l'acidité qui tranche net, comme un fil affûté. L'iode réclame la minéralité qui pétille en bouche comme une pierre mouillée. L'épice, elle, se laisse dompter par un rouge souple qui apaise, sans jamais dominer. Alors tout devient limpide. Un bourgogne blanc minéral caresse une cuisine méditerranéenne comme une brise sur une terrasse d'été. Un chardonnay gras enlace un beurre blanc comme un voile de soie. Un rouge croquant, type Gamay, éclate sur des tomates confites ou une viande rosée. Dans ma cave, je n'empile pas des dizaines de bouteilles. J'en garde trois, comme trois compagnons fidèles. Un effervescent brut nature d'abord, dont les bulles piquent comme un éclat de rire, parfait pour l'apéritif ou alléger une friture. Un blanc sec, féminin, légèrement boisé, qui déroule en bouche une caresse beurrée, idéal pour les poissons, les fromages frais ou des légumes grillés. Enfin, un rouge souple aux tanins fins, fruit clair, qui tapisse le palais comme du velours, se glissant aussi bien sous une volaille rôtie que sur des desserts au chocolat.

Trois bouteilles, pas une de plus, et déjà la table se met à chanter.

Mon mini-pense-bête pour accorder les mets et les vins

Un plat acidulé : agrumes, pickles, vinaigrette franche, appelle un blanc vif et minéral, un sancerre ou un Albariño qui claque comme une lame d'air frais.

Un plat gras et onctueux : risotto crémeux, sauce au beurre, réclame au contraire un vin qui tranche : un blanc finement boisé ou un champagne extra-brut qui cisaille la richesse et redonne de l'élan au palais.

Une viande rôtie ou grillée se marie avec un rouge aux tanins souples, Pinot noir, Grenache, qui enveloppe sans dominer. Gardez les crus plus puissants pour les plats mijotés, ils s'exprimeront mieux dans la lenteur.

Les épices douces et la cuisine asiatique adorent un blanc aromatique, légèrement sucré : un Riesling demi-sec, un Gewurztraminer, qui dansent entre parfum et douceur, apaisant la flamme sans l'étouffer.

Et pour finir, les desserts fruités ou chocolatés trouvent

leur compagnon idéal dans un vin moelleux équilibré : Coteaux du Layon pour prolonger la fraîcheur des fruits, Maury ou Porto LBV pour enlacer le cacao d'un manteau chaud et dense.

Ma règle d'or ? Chercher l'écho telle une saveur qui prolonge ou le contraste qui rafraîchit. Et toujours servir le vin une demi-tonalité plus vif que le plat : le palais doit rester éveillé.

Dernier secret : si vous hésitez sur la température, versez un vin légèrement plus frais que prévu. En verre, il s'ouvre et se réchauffe naturellement ; l'inverse, lui, ne pardonne jamais.

L'authentique élégance

Dresser une table, allumer une bougie, choisir un vin : ce n'est pas accumuler des effets, c'est épurer pour laisser le produit jouer son rôle de soliste. Alors, suivez vos instincts de couleur, préparez en amont pour vous libérer à table, et n'oubliez pas : un simple hortensia pâle posé au centre a parfois plus d'éloquence qu'un bouquet criard.

Vient ensuite la magie : choisissez l'assiette-phare, allumez la juste lumière, laissez vos mets respirer... Puis, regardez le sourire de vos invités éclore avant même la première bouchée. C'est là, dans ce silence complice que l'art de la table devient votre plus fidèle sous-chef.

8

DANS L'OMBRE DES PROJECTEURS : LE PRIX DE LA LIBERTÉ CULINAIRE

Oui, je m'éclatais dans mon métier de chef privé. Chaque journée était un terrain vierge : un marché à arpenter, une idée à trouver, une recette à inventer. Mais derrière la poésie des assiettes, il fallait jongler avec les chiffres, gérer les fournisseurs, passer les commandes, recruter une brigade, former des apprentis, boucler les salaires. La roue ne cessait de tourner : prévoir, anticiper, travailler, cuisiner, recommencer.

Ce rythme effréné, je l'avais déjà connu à Toulouse et il m'avait brisé. Un matin, le corps a lâché : céphalées méningées, comme un orage soudain dans ma boîte crânienne. Près de trois mois de soins intensifs. Trois mois pour comprendre que l'excès est un poison : trop de travail, trop de générosité, trop de sport, trop de tout. À 28 ans à peine, je faisais face à ma première alerte sérieuse.

À l'hôpital, le temps se mesure autrement. Le premier mois, les proches affluent, les visites réchauffent. Le deuxième, le flot se réduit. Le troisième, il n'y a plus que toi, allongé, face au silence. C'est là que j'ai appris une vérité nue : on croit vivre pour les autres, mais au fond, on travaille d'abord pour soi. Parce qu'au bout du compte, tu es seul. Tout le temps.

Quelques années plus tard, de retour dans la ville rose, une inquiétude sourde s'est glissée sous l'élan retrouvé. Mon corps, encore une fois, tirait la sonnette d'alarme :

un rappel brutal que la passion, sans mesure, peut devenir un fardeau.

Et puis un matin, je me suis réveillé sans sentir mes membres. Plus rien ne répondait, comme si l'électricité avait été coupée dans tout mon corps. J'étais encore jeune sur ma carte d'identité, mais usé jusqu'à la corde dans ma chair. Le sport, autrefois ma soupape indispensable, avait disparu de l'emploi du temps. La balance descendait inexorablement, reflet d'un corps qui se consumait plus qu'il ne vivait.

Je maigrissais à vue d'œil, avalé par les mails, les devis, les factures, happé par les nuits blanches et les journées trop pleines. J'offrais malgré des sourires sincères aux clients, des sourires au goût amer de l'effort. Derrière chaque poignée de main chaleureuse, il y avait une fatigue immense, un corps vidé, un esprit qui résistait encore mais vacillait déjà.

À cette fatigue déjà écrasante s'est ajoutée une ombre plus sourde : la présence d'une personne toxique dans ma vie privée. Je voulais croire, obstinément, en la bonté humaine ; je préférais chausser des œillères plutôt que d'affronter l'évidence. Le paradoxe était cruel : entouré, reconnu, applaudi parfois... je ne m'étais pourtant jamais senti aussi seul.

Était-ce un simple burn-out ? J'y ai cru. Je suis allé consulter, persuadé que mon médecin me prescrirait du repos, du magnésium, quelques siestes réparatrices. En réalité, il m'a expédié à l'hôpital. Diagnostic immédiat, implacable : mon estomac, l'organe même qui portait ma vocation, était en train de menacer ma survie. Une chance sur deux, m'a-t-on dit. Un chiffre sec, tranchant, qui sonnait comme une lame de couteau posée au bord de ma gorge.

Entre le verdict brutal et le retour à la vie, il y eut un couloir d'ombres, fait d'attente, de solitude et de regards qui s'éteignent. C'est là que j'ai compris que la douleur ne met pas seulement le corps à nu : elle démasque aussi la fidélité... ou son absence.

Je ne m'étendrai pas. Ce récit n'a pas pour but de chercher de la compassion. Oui, ce fut dur. Mais je l'ai pris comme un défi de plus, une épreuve à traverser comme on dompte une cuisson fragile : avec patience et précision. Cette traversée m'a surtout révélé la vérité nue de certaines relations. La personne qui partageait ma vie a fui, préférant se détourner vers un membre de mon équipe, comme si je n'étais plus « présentable » une fois privé de ma pleine énergie. Coup de grâce. Mais aussi, paradoxalement, une clarté violente : l'essentiel ne dépend que de moi.

Ce qui me restait, intact, c'était l'amour des choses simples, la fidélité de mes souvenirs, et surtout, le soutien indéfectible de ma mère. Trente-trois ans sans tomber ; ce n'était pas ce jour-là que j'allais rester au sol. Alors j'ai respiré, serré les poings, relevé la tête : la cuisine, ma passion, allait redevenir mon moteur, pas mon fardeau.

J'ai suivi les soins, je me suis relevé, plus posé, plus sûr. Être chef privé s'est imposé comme une évidence, ma vocation définitive : décider de tout, du rythme aux menus, des clients aux assiettes. Reprendre ma vie en main, non plus dans la précipitation, mais dans la fidélité à l'instinct et au besoin de vérité. Oui, il y eut des stars à ma table. Mais je n'ai jamais cherché à les éblouir d'artifices : je préférais leur offrir le réconfort d'une tradition culinaire, composée de produits simples, choisis avec rigueur, subtilement revisités. Leur transmettre le goût du vrai, cette sincérité qui ne triche pas, partout où l'on m'appelait.

Le mal-être avait déclenché une prise de conscience radicale : plus jamais je ne laisserais quiconque, ni rien, m'éloigner des choses vraies. J'étais vivant, debout, un couteau dans la poche comme un talisman, mes carnets de saveurs débordant d'idées prêtes à jaillir. J'étais prêt à écrire la suite, sur les fourneaux des cuisines les plus inattendues. Une note d'espoir s'imposait : le moteur tournait encore, mais différemment, plus pur, plus précis, guidé par l'essentiel. Les pages qui allaient suivre raconteraient ces instants où les noms célèbres croisent la modestie d'un légume parfaitement cuit, où le clinquant s'efface devant la justesse d'une cuisson. Voilà ma vie aujourd'hui, celle d'un chef privé. Et je vous l'assure : même les plus grandes stars cherchent, au fond, le réconfort d'une assiette... et la simplicité des choses vraies.

Les moments mémorables : quand la table devient légende

Voici quelques pages que je garde comme un album secret. Elles parlent de célébrités, de décors fastueux, mais surtout de regards sincères, de silences apaisés, de chaleur humaine. Parce qu'au fond, la table n'est pas là pour impressionner : elle est faite pour rapprocher.

S'émerveiller… sans jamais se laisser impressionner

La scène revient inlassablement, quelques minutes avant que la porte d'un salon d'apparat ne s'ouvre. J'ai huit ans. Ma mère m'a recoiffé à la hâte, mes cheveux rebelles déjà prêts à s'échapper, et mon cartable élimé cogne contre mes mollets trop maigres. Devant moi, l'église romane de Vouhé, en Charente-Maritime. Les pavés disjoints laissent passer un peu d'herbe folle. Le car scolaire, fidèle à sa réputation, n'arrive jamais à l'heure. Alors je m'invente un monde. Je trie les cailloux par couleur comme si je composais une palette, je respire à pleins poumons l'odeur « pain-fromage » qui s'échappe de la boulangerie voisine. Et je rêve. Dans ce rêve, la façade de pierre devient théâtre. Des tables s'alignent face au clocher, les vitraux reflètent la danse des bougies. Et moi, petite silhouette, je tends ma confiture de mûres à la cantinière, convaincu qu'elle a le pouvoir d'émouvoir une salle entière.

Ce souvenir est devenu mon talisman. Quand je traverse aujourd'hui les salons feutrés d'une ambassade ou le vestibule marbré d'un hôtel particulier, j'entends encore sous mes semelles le crissement des graviers de Vouhé. Je reste l'écolier curieux : j'observe chaque détail, je respire, je veux comprendre la scène entière. Mais jamais je ne me laisse absorber par les dorures. Car je le sais : la fascination paralyse, elle brouille la main qui doit rester simple et juste. Trop s'émerveiller d'un décor, c'est risquer d'étouffer le murmure d'une sauce qui réduit ou le frisson discret d'un beurre qui mousse.

Alors, j'ai adopté une règle : me laisser toucher, jamais impressionner. Quand une personnalité franchit la porte, drapée d'un tailleur haute couture, mes yeux se posent moins sur l'étoffe que sur le frisson de ses épaules : a-t-elle froid, a-t-elle faim, est-ce le trac qui la traverse ? Quand un milliardaire ajuste sa Rolex, je ne vois pas le métal précieux mais la crispation de ses doigts : cherche-t-il un appui, un verre d'eau, une respiration avant de rejouer son rôle ? Mon travail commence dans ces interstices discrets, là où l'ego s'efface et où l'humain revient. Je ne cuisine ni pour un compte en banque, ni pour une page Wikipédia. Je cuisine pour apaiser la fatigue d'un vol transatlantique, pour adoucir l'inquiétude d'un discours à prononcer, pour célébrer la joie fragile d'un anniversaire improvisé.

Voilà pourquoi je peux passer sans transition d'une table de têtes couronnées à un pique-nique sur l'herbe avec la même ferveur : l'étoffe d'un costume n'efface jamais la chair qui respire dessous. Ma mission n'est pas de flatter le décor, mais de nourrir ce qui palpite derrière les apparences : qu'il s'agisse d'un poignet entouré d'un bracelet de laine tricoté par une grand-mère ou un garde-temps serti de diamants. Servir un homard bleu, c'est un geste prestigieux ; mais réveiller, dans celui qui le déguste, la part d'enfance endormie autour d'une bouchée... voilà le privilège.

Première mission prestigieuse

Ma toute première réception parisienne en tant que chef privé s'est jouée place de la Madeleine, chez Cerruti. J'y suis arrivé sans carnet d'adresses ronflant, sans carte de visite brillante, juste avec ma conviction chevillée au corps : je pouvais convaincre par l'assiette. L'agence qui m'avait repéré n'était alors qu'une petite structure, encore hésitante, qui cherchait à placer un « nom » connu. Moi, je n'étais qu'une promesse. Mon cachet fut modeste, presque symbolique ; mais j'ai juré de compenser chaque euro par une précision d'orfèvre et un parfum de sincérité.

J'ai tout donné, comme si ma vie entière se jouait dans ces assiettes. La soirée voyait défiler les égéries de la maison, visages tendus par les flashs, étoffes flottant comme des drapeaux et parmi elles, Tomer Sisley, alors visage de Cerruti. Dans la cuisine improvisée derrière les tentures, je sentais la sueur perler sous ma nuque : chaque geste devait être net, précis, irréprochable. Au menu : un ceviche de bar sauvage, la chair nacrée taillée au couteau, assaisonnée à la seconde d'agrumes vifs et d'herbes fraîches. J'ai ajouté, juste avant l'envoi, quelques éclats de caviar d'Iran pour faire claquer l'iode contre l'acidité. Dans le silence qui précéda la première bouchée, je me suis surpris à retenir mon souffle.

Le succès fut immédiat. Les regards se sont adoucis, les conversations se sont ralenties, et j'ai compris qu'on m'acceptait à cette table. L'agence, elle, a saisi qu'un artisan conscient de la chance qu'on lui donne se démène dix fois plus qu'une star installée. De cette nuit-là est née une rumeur, fil invisible qui traversera les salons et les coulisses jusqu'à m'ouvrir, plus tard, la porte des dîners d'Hollywood.

George Clooney à Houston : trois secondes qui changent tout

Salon d'exposition Omega, Houston. Dans les coulisses, l'air est déjà épais, chauffé par les projecteurs. Ça sent le métal incandescent, les câbles électriques qui chauffent, et cette note artificielle d'huile essentielle qu'on vaporise pour masquer l'odeur âcre des lampes brûlantes. Autour de moi, ma brigade réajuste ses vestes, un bouton de manchette qui claque, une toque qu'on replace ; chacun connaît la partition par cœur, mais la tension fait vibrer les louches contre les casseroles comme des instruments désaccordés.

Nous avons quinze minutes avant l'appel en salle. J'avance entre les postes, mains croisées derrière le dos, visage impassible. Ce geste, je le connais d'instinct : c'est mon langage de chef quand je veux insuffler du calme. Dedans, pourtant, ça cogne : un battement sec qui m'assourdit, comme si mon propre cœur voulait s'aligner au tempo des secondes qui s'égrènent.

La porte battante claque et un discret bruissement de flashs suit l'arrivée de George Clooney. On le reconnaît instantanément : silhouette parfaitement droite, costume qui respire la laine froide, sourire capable de rallumer un générateur. Il serre quelques mains, repère notre fourneau, traverse la pièce comme si la trajectoire était tracée à la craie depuis le matin.

Il n'y a pas de caméra, pas d'assistant pour annoncer son nom. Il s'arrête devant moi, cale ses deux mains larges sur mes épaules, un geste franc, ni courtisan ni paternaliste. Ses yeux accrochent les miens ; le brouhaha chute d'un cran, comme si les cuisines absorbaient soudain un mètre de décibels. « *We're going to have a great evening, Chef. Thank you for being here.* » Le timbre est bas, pas pensé pour les micros. Trois secondes, pas une de plus ; pourtant je sens la chaleur de ses paumes traverser le coton de ma veste. Ce n'est pas une accolade mondaine, c'est le soutien d'un coéquipier, la tape qu'on donne avant d'entrer sur le terrain : « Je t'ai vu, tu es prêt, on y va ensemble. »

Mon souffle, jusque-là court et tranché, reprend une amplitude normale. Le battement dans mes tempes se calme comme une casserole qu'on retire enfin du feu. Autour de moi, je perçois le même relâchement : mes commis, jusque-là crispés sur leurs gestes, lèvent la tête, échangent un regard, et les épaules tombent d'un cran. Dans cet infime moment de grâce, il a parlé à chacun, sans même les regarder.

Les assiettes… Oui, ces assiettes qu'on voulait si parfaites qu'elles en devenaient presque figées, peuvent enfin respirer. Elles trouvent leur vraie cadence, la cadence du partage plutôt que celle de la démonstration. Cuisiner redevient ce que cela doit être : une promesse de chaleur, un mouvement collectif, une main tendue au-delà des projecteurs. « Ici, on ne sert pas seulement des assiettes, on sert une présence. » Un bouillon peut réchauffer plus qu'un discours, un geste de service peut alléger un silence trop lourd. Le goût, c'est le vecteur ; mais le vrai plat, c'est l'attention que l'on dépose sur la table. Depuis Clooney, je garde cette règle comme un fil rouge : la technique sans écoute devient mécanique ; l'écoute sans technique reste une promesse creuse. Quand les deux s'embrassent, alors l'instant se grave. C'est ce que j'enseigne, inlassablement, à ceux qui cuisinent à mes côtés : sentir la pièce, écouter les respirations, comprendre les regards. Un chef est d'abord un lecteur de scènes humaines, les casseroles ne viennent qu'après. « La vraie classe ne brille pas, elle apaise. Elle ne se montre pas, elle se transmet et toujours, elle commence par un regard offert sans calcul. »

Un président français et un « Merci » sincère

Tout prend une autre dimension quand un ancien Président s'assied au bout d'une table, et pourtant, il faut que tout paraisse simple, fluide, évident. Ce soir-là, le salon avait été voulu dépouillé, presque monacal : nappes blanches sans fioriture, bougies basses, silence feutré. Trois services seulement, parce que la sobriété avait été exigée dès le départ.

Je me souviens du visage de mes équipiers : une tension maîtrisée, comme une corde de violon parfaitement accordée. Chaque assiette passait la porte après avoir été vérifiée dans le moindre détail ; une coulure essuyée d'un revers discret, une feuille replacée d'un geste sûr. Dans le couloir, on aurait pu croire entendre un métronome : pas une note en trop, pas un bruit parasite. Même le froissement des vestes semblait étouffé par le poids de l'instant.

Au moment de me retirer, je contourne la table pour regagner la cuisine. Il se lève, me tend la main et la serre franchement. Ses yeux accrochent les miens, sa voix est basse, presque confidentielle : « Votre cuisine est droite, claire, respectueuse ; c'est la meilleure définition de la France. » Rien de plus. Pas de photo, pas de caméra. Juste cette poignée de main qui dure quelques secondes, assez pour dissoudre toute la fatigue accumulée, assez pour me rappeler que le véritable prestige ne s'affiche pas : il réside dans la reconnaissance nue, simple, d'un travail accompli avec honnêteté. Aucune image n'aurait pu graver plus fort cette gratitude silencieuse.

Confession monégasque

Ambassade de Monaco, boulevard Suchet, dans le 16e. Le dîner s'achève ; les dernières assiettes franchissent les portes battantes, mes mains gardent encore la chaleur du dernier pochage. Ce soir-là, j'avais cuisiné pour le Prince Albert de Monaco, un honneur rare. J'ai voulu lui faire plaisir et en convoquant un souvenir d'enfance : des petits burgers haute-couture. Sa mère, Grace Kelly, était américaine ; je l'imaginais lui préparer, à la maison, des burgers simples et généreux, loin des ors et du protocole. Mon pari était risqué, mais je croyais à la force de la mémoire affective. Dans le murmure qui retombe, l'Ambassadrice s'avance. Tailleur ivoire impeccable, sourire presque timide. Elle ne s'encombre pas de formules diplomatiques ; sa main se pose doucement sur mon avant-bras : « Le Prince n'a jamais demandé le nom du chef, jusqu'à ce soir. » Une phrase courte, mais derrière elle j'entends le bruissement d'un jardin lointain : celui de mes grands-parents. Étienne penché sur ses tomates, Laurence tapotant la pâte d'un clafoutis encore tiède. Cette reconnaissance, venue d'un palais habitué aux mets les plus raffinés du globe, résonne comme un applaudissement muet depuis la Charente-Maritime.

Je reste droit, réflexe de service, maîtrise de sportif, mais à l'intérieur ça pulse comme avant un départ de sprint. L'espace d'un instant, je redeviens ce petit garçon « qui s'émerveillait de tout », comme disait mon grand-père. Minuscule gamin face à un grand prince de contes. Pas d'euphorie tapageuse pourtant : une gratitude dense, qui remonte la colonne vertébrale, chauffe la nuque, se loge derrière les yeux. Je me contente d'incliner la tête, de souffler un merci. Calme en surface, cœur vibrant dessous : c'est mon équilibre, ma vraie ligne d'arrivée.

Trois ans Place Vendôme : l'école Boucheron

Quand on pousse la porte de l'hôtel particulier Boucheron à huit heures du matin, les vitrines dorment encore sous leurs voiles : diamants au repos, comme des constellations qui attendent leur nuit. Dans la micro-cuisine du cinquième étage, deux feux, un four, un passe-plat trop étroit, je m'installe en silence. Ici, chaque geste doit se régler à la seconde : à onze heures, un thé-conversation doit effleurer le palais sans couvrir les mots ; à 13 h 15, un déjeuner VIP doit laisser un sillage d'agrumes assez discret pour ne pas rivaliser avec l'essayage des colliers. Ma cuisine devait briller, mais jamais plus fort que les pierres.

J'ai compris très vite que la vente ne se jouait pas au comptoir, mais au dessert. Si la dernière cuillerée ne déposait pas une étincelle d'émotion, la bague retournait à son écrin. J'ai vu des banquiers de Wall Street, tailleurs parfaits, mâchoires serrées, essuyer une larme devant un consommé si limpide qu'ils s'y reflétaient. J'ai vu une héritière japonaise traverser la moquette ivoire pour m'embrasser à cause d'un sorbet mandarine-genmaicha qui, disait-elle, lui rendait « l'hiver de Kyoto ».

Ces gestes-là, pour moi petit-fils de vrais Charentais, valaient tous les bilans comptables. La table avait parlé plus fort que n'importe quel argumentaire de vente. Et moi, acharné de travail, amoureux du produit le plus simple, je découvrais que la vraie rareté ne s'enferme pas toujours sous verre : c'est cette secousse minuscule au milieu de la poitrine, quand un goût vous reconnaît.

Un après-midi, alors que je m'apprêtais à ranger mes couteaux, un courrier est arrivé : papier crème, discrètement glissé par le service interne. Oui, s'il y a une citation à inscrire dans ce livre, c'est bien celle-là : tant elle m'a marqué. L'enveloppe portait une plume bleue, italique aérien, presque une caresse sur la page...

Je déplie le papier avec cette appréhension enfantine qu'on a devant un cadeau trop précieux pour soi. « Cher Valentin, merci pour ce moment partagé et la découverte de votre cuisine qui ne laisse pas indifférent. Amitié. Jean » Rien d'ostentatoire, pas de formules apprêtées. Juste quelques mots, sobres comme une poignée de main franche. Mais dans la solitude feutrée de ma cuisine, ces lignes m'ont bouleversé plus que n'importe quel discours public. C'était une trace, une reconnaissance intime. J'ai compris ce jour-là qu'une simple phrase manuscrite, couchée dans le silence, pèse parfois plus lourd que le plus brillant des trophées.

Jean d'Ormesson venait de poser ses mots à côté de ma sauce. J'ai glissé la lettre dans le tiroir où reposent mes lames les plus précieuses, celles qu'on n'utilise que pour les gestes rares. Ainsi, chaque matin, en l'ouvrant, je me rappelle que littérature et cuisine partagent la même matière : elles naissent du feu intérieur, s'offrent au monde, et parfois laissent une trace qui survit à la dégustation. Ce jour-là, j'ai compris qu'un consommé droit, clair, respectueux peut valoir un diamant, à condition d'être servi avec la même lumière intérieure. Ces mots, je les citerai encore, et encore, parce qu'ils me rappellent que ma cuisine aussi peut écrire une page dans la mémoire de quelqu'un.

Dîner de stars

J'avais promis des anecdotes, en voici une qui condense tout ce qui me plaît dans ce métier : l'exigence, la simplicité recherchée par ceux qu'on imagine blasés de tout, et cette secousse d'adrénaline, inévitable et délicieuse, qui traverse même les plus aguerris quand la star franchit la porte.

Tout commence chez Lenny Kravitz. La consigne était limpide : pas de téléphones, pas de photo, pas un nom qui filtre sur les réseaux. Les invités voulaient de la convivialité pure, presque familiale ; pas de service compassé, seulement une grande table, un DJ pour la bande-son, et le réconfort d'un risotto à la truffe servi généreusement. Ma brigade, tenue à l'écart de la liste des convives, se fiait à mes directives. Je gardais le secret pour préserver la concentration.

Le service battait son plein. Les plats partaient, revenaient vides, les rires roulaient jusque dans l'office ; certains invités, grisés par l'ambiance, venaient plonger eux-mêmes la louche dans nos casseroles fumantes. Une convivialité rare, brute, sans apprêt. Et puis, la scène bascule. Une silhouette glisse dans l'embrasure, pieds nus, robe de soirée frôlant le carrelage, parure qui accroche la lumière comme une constellation en mouvement. Beyoncé. Plus grande que je ne l'imaginais, auréolée d'un calme souverain. Elle s'avance vers le piano où mijote le second tour de risotto, se penche sur la casserole, sourit, remercie, puis demande à être servie à nouveau… « généreusement ». Autour de moi, le temps se fige. Mes cuisiniers, louches suspendues, n'avaient pas été prévenus. Leurs yeux cherchent l'équilibre entre la stupeur et le maintien du geste professionnel.

Je laisse la scène se dérouler, parce que tout est là : une superstar qui retrouve un geste d'enfant devant un plat réconfortant, une équipe bouche bée mais fière que son travail parle si directement. Beyoncé goûte, hoche la tête, chuchote un « *delicious* » avant de disparaître dans le halo de la salle. Le silence retombe, puis un éclat de rire collectif brise la tension, comme une soupape libérée. La magie d'un instant que seule la cuisine sait offrir.

Le reste de la soirée se déroule sans accroc. Jay-Z, Leonardo DiCaprio, Matt Damon, une véritable tour d'Hollywood attablée sans esbroufe. Lenny a pensé pour chacun un coffret de bougies en marbre, cadeau discret, sans logo ni ostentation, en parfaite résonance avec l'esprit des plats : produits nobles, gestes justes, aucun blingbling inutile. Quand la dernière assiette revient, les casseroles encore tièdes exhalent ce parfum de truffe et de beurre qui flotte comme une signature invisible : la confiance déposée entre nos mains, simplement pour valoriser de beaux produits.

Voilà pourquoi je persiste à considérer le métier de chef privé comme ma voie naturelle. On peut croiser le sommet de la notoriété et, dans le même geste, ramener chacun à la table la plus simple et la plus vraie : celle où un risotto, bien mené, parle plus fort que tous les discours. Quand la soirée s'est achevée, mes cuisiniers ont rangé en silence. Certains, du bout des doigts, ont effleuré la sauteuse encore tiède, comme pour s'assurer que Beyoncé avait vraiment été là. Ils souriaient. Moi aussi.

Autre maison, autre défi : Joseph Duclos

La marque dévoilait son nouveau parfum, un jus unisexe aux accents de vanille, de jasmin et de poire, inspiré – disait le moodboard – du bleu profond de Chanel. Pour l'occasion, ils avaient privatisé une ancienne manufacture du XIXe siècle, rue de Turenne : une verrière monumentale façon Eiffel, sous laquelle s'imposait une longue table carrée, dressée comme un seul bloc cobalt.

Tout avait été anticipé : repérage des assiettes et des verres, sélection de plateaux en pâte de verre et laiton rayé qui captaient la lumière bleutée. Le menu, validé par WhatsApp jusque dans ses moindres détails, suivait la structure du parfum : notes de tête vives, cœur suave, fond enveloppant. Aucun accord mets-vins traditionnel : j'avais imaginé des cocktails sur mesure, certains sans alcool, pour que la fraîcheur de la poire et le soupçon de vanille servis dans les verres dialoguent directement avec les effluves qui montaient des mouillettes.

Le résultat ? Une osmose totale : costume, cocktail, assiette et fragrance semblaient parler la même langue, dans une gamme de bleus parfaitement accordée. Les invités n'avaient pas seulement goûté un menu ; ils avaient traversé le parfum en trois services, comme on franchit les chapitres d'un récit sensoriel. Pour moi, la démonstration éclatante qu'une expérience culinaire peut épouser une création olfactive sans rien trahir de l'une ni de l'autre.

Formules grandioses, formats simples

La même étincelle peut jaillir sous un lustre vénitien ou dans l'herbe encore humide d'une clairière : le décor change, le battement du cœur demeure.

Château de Chantilly, orangerie baignée de lumière. Un couple chinois rêve d'un « pique-nique italien » qui respecte la grâce du lieu. Alors je fais tendre des toiles de lin blanc sur les tables basses, j'aligne des pains focaccia encore fumants, déroule un jambon San Daniele en rubans fins, laisse une burrata éclore comme une pivoine. Pas de couverts en argent, seulement de petites planches d'olivier et des couteaux courts. Dehors, le cri des paons du domaine couvre les éclats de rire. Je reste en retrait, témoin de ce contraste presque irréel entre l'élégance XVIIIe et la simplicité du pique-nique méditerranéen. Ils mangent avec les doigts, s'amusent de voir l'huile d'olive perler sur une manchette de chemise sur-mesure… et je comprends que la magie agit : le protocole s'efface, l'enfance revient.

Saint-Tropez, Canton, Palm Beach… le tour du monde dans l'assiette

Un guitariste mondialement connu, venu « entre copains ». Il ne veut ni staff omniprésent ni nappes amidonnées. Je grille des tartines épaisses, beurre salé qui clapote, taille de larges copeaux de truffe d'été que chacun dépose lui-même. Le rosé se boit dans des gobelets de grès, pas en cristal : la lumière s'y diffuse quand même, rose et fragile, comme un coucher de soleil liquide. Au loin, les yachts klaxonnent, les chasseurs de selfies piétinent sur le quai. Ici, seulement le rire qui ricoche contre les voiles. Grand luxe, zéro posture.

Entre ces deux pôles, je me glisse partout, comme un passeur discret qui adapte son geste au lieu et au moment. À Canton, ils n'étaient que huit, réunis pour un anniversaire presque chuchoté ; je taillais le canard laqué comme un origami, pour que chaque pli croustillant se déplie en silence. À Palm Beach, ils étaient douze, assis face à l'Atlantique, et la langouste prenait la place de la dinde de Thanksgiving, portée par le souffle salé de l'océan. À Genève, la foule changeait d'échelle : trois cents invités pour l'inauguration d'une boutique de haute joaillerie. Je servais un consommé clair à la louche, en demi-cercle, veillant à ce que rien ne vienne éclipser l'éclat des diamants. Puis à Taipei, quarante convives attendaient qu'on leur « fasse venir la France ». J'ai uni l'asperge blanche du Val de Loire et le yuzu taïwanais dans une même assiette ; le pont se construisait directement sur leurs papilles.

Mon uniforme change, les distances aussi, mais le cap demeure immuable : offrir avec sincérité, sans chercher l'ostentation. Un ruban de jambon ou la truffe d'été ne valent rien s'ils ne sont pas tendus comme un cadeau, sans fioriture ni masque. Là se trouve mon luxe : donner sans posture, et voir la table, une fois encore, abolir toutes les géographies en un seul sourire partagé. Et dans ce sourire, je retrouve ma récompense : la certitude d'être à ma juste place. Alors je me dis que, malgré la fatigue ou la pression, je suis un homme heureux derrière mes fourneaux.

Le pouvoir émotionnel de la table

Avant de placer une seule fourchette, je ferme les yeux et je me projette : la double-porte s'entrouvre, un souffle d'air parfumé traverse la salle, la toute première respiration des convives se dilate. C'est ce souffle que je veux capter et orienter. Rien ne doit hurler, tout doit suggérer : la tension d'une nappe tendue comme une peau de tambour, la ligne de lumière qui s'attarde sur l'arête d'un verre, la danse infime d'une flamme de bougie qui sculpte un halo précis sur le bord de l'assiette. C'est ma manière d'installer un langage silencieux, une promesse : celle que la table parlera d'abord au cœur avant de s'adresser au palais.

Chez Saint Laurent, la règle est claire : pas la moindre corolle, « les invités sont les fleurs », décrète la maison. J'ai traduit ce parti en un ballet de bougies fines, élancées, dont les flammes découpaient chaque visage comme un portrait en clair-obscur. Le décor s'effaçait pour mieux laisser rayonner ceux qui prenaient place.

Chez Dior, à l'inverse, il fallait composer un jardin pastel. J'ai donc décliné un dégradé poudré : nappes perle, assiettes crème rosée, serviettes gris nuage, quelques pétales couleur chair – roses fanées déposées comme si elles avaient glissé d'elles-mêmes. Tout devait respirer la douceur d'un matin de printemps.

Chez Cartier enfin, la consigne vibrait rouge-rubis. J'ai resserré la scénographie dans une rigueur presque liturgique : un chemin rouge profond, des verres transparents pour ne pas brouiller la teinte, et de fins sillons d'or autour des assiettes blanches, pareils aux griffes d'un sertissage. Là encore, la table devenait un écrin, à la mesure de la maison.

Connaître l'ADN d'une maison, c'est parler sa langue sans accent : ne pas en faire trop, ne pas trahir une syllabe. J'observe chaque marque comme on déchiffre la calligraphie d'un poème ; puis je la traduis en porcelaine, en verre, en lumière.

Et je le vois, soir après soir : un invité crispé sur son téléphone, un CEO tendu comme une corde, se relâche dès que le décor chuchote, silencieusement mais clairement : « Tout est sous contrôle, régalez-vous ». C'est alors seulement que j'avance, que je dessine la trajectoire du plat. Jamais plus de trente secondes. Une phrase sur la provenance, une phrase sur la cuisson, une phrase sur l'émotion recherchée. Puis je me tais. Je recule d'un pas et je laisse l'assiette créer son propre discours. Car, déjà, le décor a préparé l'oreille… et ouvert le palais.

La note d'Ormesson, et ce qu'elle dit vraiment

Oui, je l'avoue : vous retrouverez cette citation plusieurs fois dans ces pages, « une cuisine qui ne laisse pas indifférent ». Ce n'est pas un tic, encore moins une coquetterie : c'est un ancrage. Quand Jean d'Ormesson a couché ces mots au feutre bleu, il n'a pas seulement salué un chef ; il a photographié l'instant exact où la gastronomie cesse d'être un service pour devenir une rencontre. En quelques lignes tracées d'une main légère, il a rappelé l'essentiel : ce métier n'est pas de tendre une assiette parfaite, mais de provoquer, chez celui qui la reçoit, une secousse intérieure, un souvenir qui affleure, un sourire qui s'éclaire, une émotion qu'on croyait oubliée.

Alors, oui, je la répète, je la martèle, je la confie à ces pages comme un refrain nécessaire. Parce que ces mots valent plus que mille selfies ou toutes les coupures de presse : ils disent l'objectif intime, celui qui guide chaque plat : cuisiner pour émouvoir, jamais pour éblouir. Et peut-être est-ce parce qu'ils sont arrivés après des épreuves, des désillusions, des coups portés à la foi que j'avais en ce métier, qu'ils résonnent comme un trésor. Cette rencontre, ce mot, je les garde au plus près de mes couteaux et de mes carnets. Quand j'y repense, je retrouve l'émotion intacte : celle d'un homme qui, l'espace d'un instant, a su que sa cuisine avait touché une âme, et que tout le reste, les fatigues, les blessures, les déceptions, trouvait enfin un sens.

Morale de conte : l'horizon dans un regard

Il y a toujours ce minuscule battement, presque imperceptible, qui précède l'enchantement. La pièce bruisse encore des derniers réglages : un commis essuie discrètement le pied d'un verre, le maître d'hôtel lisse la nappe d'un revers de main, la sauce nappe doucement au passe-plat. Puis tout se met à chanter juste : la volaille atteint sa température cœur, la lumière épouse l'arrondi des assiettes, le personnel adopte la respiration d'un orchestre en plein accord. À cet instant précis, le temps se contracte : une fraction de seconde où plus rien ne grince, ne clignote, ne réclame.

Je guette ce silence comme un sommelier respire le premier nez d'un grand cru. Quand il survient, je lève les yeux et croise ceux du convive le plus proche, banquier, créatrice de joaillerie, couple d'amis ou enfant qui n'ose pas encore toucher à son couvert. Dans cette fente de regard, il y a un message sans mots : « Plus rien d'autre n'existe ; nous sommes bien, ici, maintenant. » C'est là, et seulement là, que l'expérience commence réellement.

Peu importe que le plafond soit mouluré à la feuille d'or place Vendôme ou qu'il s'agisse d'un ciel de juin au-dessus d'un plaid. La table est une machine à téléporter : elle ramène un investisseur de Wall Street dans le potager de son grand-père, au simple parfum d'une tomate tiède. Elle transporte un prince monégasque dans la cuisine d'une grand-mère charentaise à travers un riz au lait patiemment tourné. Elle replonge un académicien dans une nuance de sauce brune qu'il croyait disparue, entre deux paragraphes de Proust.

Je ne cours pas après la perfection technique ; je cherche l'horizon que l'on devine dans une pupille quand le présent devient assez doux pour tout contenir. Là se niche ma récompense : savoir que, l'espace d'un dîner, j'ai suspendu le tumulte du monde et ouvert, par la seule force d'un goût juste, une parenthèse où chacun se retrouve plus vivant, plus libre, plus relié aux autres.

La voie des gens simples

Dans le microcosme des grands événements, j'ai serré plus de poignées de main bardées de diamants qu'un bijoutier place Vendôme : PDG sûrs d'eux, influenceurs captifs de leur reflet, courtisans en quête de lumière, autant d'ego qui, parfois, emplissent la pièce plus fort que le parfum d'une truffe fraîche. Très vite, j'ai compris que le vrai luxe ne réside pas dans le volume sonore, mais dans la capacité à se retirer derrière l'essentiel, à laisser la place au produit et aux autres. Ceux qui m'émeuvent vraiment se comptent sur les doigts d'une main : ils parlent peu, agissent juste, et laissent leur œuvre, un geste, un plat, un but marqué, devenir le seul discours nécessaire. Ce sont eux qui rappellent, sans le dire, que la grandeur s'éprouve toujours dans la simplicité.

Zinédine Zidane est de cette trempe-là, et j'y pense souvent devant ma planche à découper. Il a soulevé des stades entiers sans jamais hausser la voix ; un contrôle orienté, une passe millimétrée, et le reste se mettait en musique. Je voudrais que ma cuisine ressemble à son jeu : une apparente simplicité qui cache une précision d'orfèvre ; un silence qui, au moment juste, libère l'explosion de saveur comme une frappe en lucarne. Pas de dribble de trop, pas de décoration superflue : l'intelligence se fait discrète, le beau passe par l'évidence. Rester simple, rester à l'écoute, rester convivial : voilà la seule clé qui compte.

Alors, que je sois pieds nus lors d'un pique-nique à l'orangerie de Chantilly ou en chaussures vernies dans un palace monégasque, je me rappelle cette règle : « On reçoit pour donner, jamais pour se montrer. » Poser une assiette, c'est tendre un cadeau ; dresser une table, c'est ouvrir un espace où chacun peut déposer son masque et redevenir simplement humain.

C'est là, exactement là, que le fil se retend entre le gamin au cartable qui rêvait devant le potager de ses grands-parents, et le chef que je suis devenu. Avec une certitude que la vraie gastronomie n'élève personne au-dessus des autres. Elle nous remet côte à côte, à hauteur de cœur, pour savourer ensemble la plus simple des vérités : la joie d'être vivants.

9

SURPRENEZ VOS CONVIVES : LE POUVOIR DES DÉTAILS

À l'instar de Lenny Kravitz, j'ai toujours su qu'une belle table ne suffit pas. Ce qui imprime aussi la mémoire d'un dîner, ce sont ces petites attentions qui ne figurent jamais sur le menu mais qui transforment une soirée ordinaire en moment inoubliable. Voici quelques pistes pour surprendre vos proches et transformer chaque dîner en souvenir précieux.

Les attentions avant le repas : planter la graine de la fête !

Je dis toujours : « un dîner commence avant la première bouchée ». Le temps que vos invités déposent leur manteau, leur palais est déjà en éveil. C'est l'instant décisif pour offrir une promesse.

Je le répète souvent à mes équipes comme un mantra : un dîner commence dans le vestibule, pas dans l'assiette. Le moment où l'on retire son manteau, où l'on respire l'odeur d'une bougie ou d'un bouillon qui chuchote encore sur le feu, est déjà un avant-goût. L'appétit, et plus encore l'humeur, se décident là. Une entrée flamboyante ne pourra jamais rattraper une arrivée froide ou brouillonne.

Pourquoi ces premières minutes comptent-elles tant ? Parce qu'il s'agit, au fond, de pure psychologie. J'ai appris, au fil des lectures et des expériences, que le cerveau grave les souvenirs par contraste. Si, dès le seuil, vos invités perçoivent une promesse gourmande – un verre qui pétille, un parfum d'agrume, le croquant inattendu d'une bouchée – ils inscrivent déjà la soirée sous le signe du plaisir, avant même d'avoir mâché quoi que ce soit. C'est un crédit de confiance que vous encaissez tout au long du repas.

Il y a donc, en effet, une part de psychologie… mais aussi de physiologie ! L'odeur d'un bouillon, l'éclat d'un toast qui claque la vue d'une bulle qui éclate dans un verre : tout cela déclenche la production de salive, active la sécrétion des sucs gastriques. En clair : vous préparez le corps à mieux digérer, et donc à mieux savourer.

Psychologie, physiologie… mais n'oublions pas l'essentiel : la convivialité. C'est bien pour cela qu'on s'investit tant en cuisine, vous ne croyez pas ? Une mise en bouche partagée casse immédiatement la glace : on trinque, on croque, on commente. Rien de tel pour aligner les tempéraments, faire sourire les timides et canaliser les volubiles. C'est le premier geste d'hospitalité, celui qui dit : « Nous sommes ensemble, la fête peut commencer. »

Trois à quatre bouchées, pas plus

J'applique une règle stricte : jamais plus de trois, maximum quatre pièces. Au-delà, on bascule du prélude vers l'apéritif dînatoire, celui qui cale déjà l'estomac et étouffe la suite.

Finger-food, oui, mais sans tomber dans le piège du pain. Le but n'est pas de rassasier mais d'ouvrir l'appétit. Oubliez les mini-toasts surchargés de rillettes qui emplissent plus qu'ils n'émoustillent. Une mise en bouche doit rester une promesse, pas une conclusion. Ma formule maison : de petites bouchées pensées comme des clins d'œil, assez légères pour disparaître vite, assez justes pour imprimer une mémoire de goût. Parfois, c'est une gorgée liquide, un mini-velouté de courge au yuzu quand l'hiver s'installe, ou un gaspacho de pastèque quand l'été écrase les façades. D'autres fois, c'est un crémeux fondant, comme un tartare d'huître au citron déposé sur une cuillère qui fond avant même d'avoir le temps d'en parler. J'aime aussi proposer un croquant immédiat – une chips de sarrasin qui craque et libère une mousse de citronnelle – ou bien, si je sens l'assemblée curieuse, un iodé minute : un mini tataki de thon roulé dans le sésame, juste saisi, qui s'évapore comme un clin d'œil marin. Ces premières bouchées ne doivent jamais être figées autour d'une table. Je préfère les faire circuler sur un plateau, offrir à chacun la liberté de se déplacer, d'explorer la pièce, de respirer les effluves qui s'échappent déjà de la cuisine. Le décor s'installe ainsi en douceur, et chaque détail compte : si le menu jouera plus tard du rouge et du vert comme tomate, basilic, fraise, alors j'aime glisser dès l'amuse-bouche un rappel discret, une goutte d'huile verte, un trait de purée de poivron rouge. Le subconscient adore ces échos subtils. Inutile de les accompagner d'un discours : une phrase simple « une petite gorgée de soupe de céleri pour se réchauffer » suffit avant de s'effacer, car la vedette doit rester l'instant, pas le chef. À ce stade, les convives se sont déjà rapprochés : ils partagent une saveur sur la langue, une couleur en tête, une curiosité au ventre. La graine de la fête est plantée, il ne reste plus qu'à l'arroser tout au long du repas.

Je me suis longtemps amusé à composer des cocktails « féminins » et « masculins », comme on aimait les qualifier : un verre clair, léger, mêlant vodka ou gin, sucre naturel d'une framboise écrasée, twist de citron vert et une bulle de tonic pour l'étincelle ; ou bien, à l'inverse, une coupe plus sombre, charpentée d'un cognac ou d'un armagnac, relevée d'un sirop maison aux agrumes amers et d'une pointe de liqueur sèche. Mais très vite, j'ai compris que ces catégories ne voulaient rien dire : la seule vérité d'un verre, c'est l'affinité qu'il trouve avec celui qui le boit. Un amateur de whisky s'illumine devant un highball japonais, qu'importe son genre ou son rôle dans la soirée. Ce n'est pas une question d'étiquette, mais de rencontre.

Mise en scène sans parasite

Une table basse, quelques bougeoirs, une musique douce qui s'installe comme un parfum, puis l'hôte s'efface. Car il n'y a rien de pire que ces maîtres de maison qui interrompent chaque début de conversation pour disserter sur l'amuse-bouche. J'ai commis l'erreur, moi aussi, un soir, dans un grand restaurant parisien : trop pressé d'expliquer, trop désireux de guider. J'ai lu aussitôt l'ennui dans les regards qui s'échappaient. Ce soir-là, j'ai compris qu'il fallait parfois se taire et laisser les bulles de champagne effectuer leur travail. Elles savent mieux que quiconque délier les langues et briser la glace.

Mes règles d'or, sans superflu

Je me tiens toujours à quelques principes simples, des fils conducteurs qui transforment un apéritif ordinaire en moment suspendu.

D'abord, la lumière. Jamais plus de trois sources : une bougie large au centre pour réchauffer les visages, deux flammes plus fines sur les côtés pour accrocher les verres. Les plafonniers restent éteints ; rien n'abîme plus une atmosphère que la crudité d'un spot de cuisine.

Vient ensuite le parfum, unique et discret. Une seule note, claire, qui suggère sans envahir : un zeste d'orange séché, une branche de romarin qui chauffe doucement. Oubliez les compositions trop complexes, elles brouillent l'appétit et écrasent les saveurs.

La musique, elle, doit se fondre dans le décor. Jazz feutré, piano minimaliste, volume conversation. Et, quand arrive le premier plat, je baisse encore un peu : la mastication a déjà sa propre rythmique, inutile de la couvrir.

Pour le service, un plateau tournant, pas de discours. Une phrase suffit : « Velouté courge-yuzu, juste tiède. » Puis je me retire, deux pas en arrière, laissant la ronde s'organiser. Les verres s'entrechoquent, les anecdotes jaillissent sans qu'on ait besoin de les forcer.

Je veille aussi aux gestes : une pince en bois pour attraper la charcuterie, un pic en bambou pour piquer un légume glacé. Les mains, plus vite que les mots, brisent la timidité.

Pas de chaises assignées : quelques coussins, un accoudoir vide, et la liberté de changer de voisin. Le salon devient alors une petite place de village. Enfin, un détail auquel je tiens : le verre jamais tout à fait plein. Une flûte remplie aux deux tiers suffit pour trinquer. Quand viendra le moment de les retirer pour le dîner, personne ne se sentira interrompu. Le mouvement sera naturel, fluide.

Car, en vérité, votre rôle s'arrête là : préparer les conditions. La convivialité joue seule, sans chef visible. Et si un soir l'envie vous prend de disserter sur votre purée de petits pois, souvenez-vous : le silence est toujours le plus bel écrin. C'est lui que vos invités retiendront, jusque dans la première bouchée du plat suivant.

Entre les plats : rythmer sans alourdir

Entre deux plats, j'aime ménager des respirations qui rythment sans alourdir. Avant le dessert, par exemple, je propose toujours un « coup de ressort » : une fraise gariguette glacée à l'azote, un sorbet au citron de Menton, une opaline fine à la bergamote. Quinze grammes, pas davantage. Juste de quoi remettre le palais à zéro et relancer la conversation, comme un nouveau départ.

Vient ensuite le café, que je veux prolonger en bouche avec des mignardises qui tiennent presque du talisman. J'aime jouer les contrastes : une guimauve passion légère comme une plume face à un rocher praliné volontairement rugueux. Il m'amuse de penser que, dans le taxi du retour, mes convives grignotent encore ces bouchées, emportant avec eux un éclat de la soirée jusque sous les réverbères.

Et puis, il y a ce dernier détail, peut-être le plus intime : le cadeau-souvenir. Un petit pot de pickles maison, un tube d'huile parfumée, un sachet de sel fumé… Rien d'onéreux, rien de tapageur. Seulement un message discret : « Prolongez la fête chez vous. » Croyez-moi, ce geste agit comme un baiser sur la joue, une façon de dire merci sans mot.

J'aime offrir, en guise de souvenir, des petits trésors de cuisine qui tiennent dans la paume d'une main. Parfois, ce sont des pickles maison : de petits pots vintage où se mêlent carottes fanes saumurées au gingembre ou radis roses plongés dans une eau vinaigrée au poivre Timut. L'astuce est simple : remplir les bocaux pendant le service du plat principal : le liquide bouillant les stérilise, et ils refroidissent tranquillement sur le rebord de la fenêtre le temps du dessert. Au moment du départ, ils sont tièdes, prêts à voyager.

D'autres soirs, je prépare une huile parfumée. J'utilise de petites fioles de limonade, j'y glisse un brin de romarin, le zeste d'un demi-citron (toujours l'agrume, l'agrume !), puis je complète avec une huile d'olive douce. J'ajoute une étiquette manuscrite : « Secouez, laissez infuser 48 heures, arrosez vos pâtes. » L'effet « atelier d'apothicaire » est garanti, et les convives repartent avec un sourire d'enfant.

Il m'arrive aussi de miser sur le sel fumé ou aromatisé : du gros sel de mer mêlé à des copeaux de hêtre passés au four, ou bien une version plus vive : sel fin, zeste d'orange râpé, une pointe de piment d'Espelette. Je glisse le tout dans un petit sachet kraft, fermé par une pince à linge en bois, avec la date et une suggestion griffonnée : « À tester sur œuf au plat ou pop-corn maison. » Ces détails n'ont rien de luxueux, mais ils prolongent la fête bien au-delà du dîner.

MES ASTUCES DE CHEF

Portions mini : 30 g de sel, 50 ml d'huile, 60 g de pickles ; juste assez pour une découverte.

Visuel uniforme : même ficelle, même étiquette, pour que la table basse se transforme en « petite épicerie » à la fin du repas.

Zéro plastique : bocaux récupérés, papiers de confiserie repassés au four pour être stérilisés, sachets en kraft, cohérent avec l'anti-superflu que je défends.

Message personnalisé : un mot au feutre fin (« Merci Florence ! ») ou la date du dîner ; cette trace manuscrite rappelle que ce n'est pas un goodie standard mais un clin d'œil à la soirée partagée.

Durée de vie annoncée : « Se garde trois semaines au frais » : vos invités n'auront pas d'hésitation et penseront à vous dès qu'ils ouvriront le bocal.

Ce cadeau-souvenir n'est pas un gadget marketing ; c'est un prolongement sensible de l'expérience. Le lendemain, quand la tranche de pain grillé reçoit le sel fumé ou quand le saumon du dimanche s'arrose de votre huile citron-romarin, le dîner renaît en mémoire. La convivialité voyage ainsi au-delà de la table, discrète mais durable.

PERSONNALISER L'EXPÉRIENCE : ÉCRIRE LE MENU COMME ON ÉCRIT UN PORTRAIT

Le monochrome qui marque

Un jour, une maison de cosmétique lançait une crème au caviar et m'a demandé un dîner « tout en noir ». Je n'ai jamais aimé les artifices, encore moins les colorants, alors j'ai choisi de composer ce noir avec la vérité des produits. L'encre de seiche pour l'intensité marine, un pain gonflé puis cuit à la poudre de charbon, un topinambour rôti jusqu'à la croûte ébène, et, pour conclure, un café éthiopien tiré long comme une encre chaude qui s'imprime en bouche. Tout était sombre, mais rien n'était triste : les saveurs restaient lumineuses, claires, presque évidentes. Le résultat tenait du film noir projeté sur la table : des images fortes, un récit lisible, une mémoire indélébile.

Le produit unique, décliné

Un ancien ambassadeur de Russie soutenait avec aplomb que « les meilleures tomates poussent… en Russie. » Sa conviction avait quelque chose de définitif, presque provocateur. Pour moi, ce fut un déclic. Je n'avais aucune envie de le contredire par des mots ; je voulais que ce soit la table qui parle. Alors j'ai imaginé un dîner tout entier consacré à la tomate, baptisé *Tomata Mediterranea*. À l'ambassade, j'ai déroulé la démonstration : une cœur-de-bœuf en carpaccio translucide, une green zebra croustillante en gavotte, une noire de Crimée confite doucement au sucre roux, puis, en final, un sorbet tomate-fraise avec un crumble de basilic. À la deuxième assiette, il souriait déjà. Le défi était gagné : il avait compris.

J'ai savouré ce moment où le palais admet ce que les mots n'auraient jamais pu convaincre. Moralité ? Choisissez un produit qui vous obsède : une asperge, une pomme, une sardine et déclinez-le comme un thème musical. Vous verrez : la contrainte enfante la créativité, et l'assiette devient un discours plus éloquent que n'importe quel débat.

Le parfum comme partition

Une grande maison de parfumerie dévoilait un jus ambré, aux notes de patchouli, de fève tonka et de bergamote. J'ai choisi d'écrire le menu comme une partition fidèle à ce crescendo olfactif. L'amuse-bouche ouvrait sur un céleri-bergamote vif comme une attaque en tête. Le plat principal, des ris de veau caramélisés à la fève tonka, faisait office de cœur suave et enveloppant. Enfin, le dessert mariant chocolat et patchouli apportait la profondeur du fond. Les convives passaient du nez à la bouche comme d'une note à l'autre : une continuité sensible qui dépassait le marketing pour devenir, l'espace d'un dîner, une petite forme de poésie.

Comment créer un menu « monoproduit »

Un menu monoproduit, c'est l'art de choisir une seule star et de la faire briller en trois actes. Comme au théâtre, le rideau s'ouvre sur une entrée qui révèle l'expression la plus pure du produit : une tomate cœur-de-bœuf en carpaccio, à peine relevée d'une huile d'olive citronnée et d'une fleur de sel. Vient ensuite le plat, confiant et généreux, qui enveloppe le convive : la même tomate, farcie au veau et aux pignons grillés, nappée d'un jus réduit. Enfin, le clin d'œil final, dessert ou fromage, joue la surprise :

un sorbet tomate-basilic, un crumble au parmesan, quelques éclats de poivre Timut.

La règle d'or reste la simplicité : assaisonnement minimaliste, juste ce qu'il faut de sel, de poivre et d'herbes fraîches. Les épices, elles, doivent souligner, jamais masquer. Le dressage assure la continuité, comme un fil conducteur visuel : la même herbe posée sur chaque assiette, une huile colorée répétée de plat en plat. Le convive lit alors le menu comme une histoire illustrée, où chaque chapitre révèle une facette nouvelle.

Et si l'on craint l'ennui ? Il n'existe pas, tant que l'on joue sur les contrastes : croquant contre velouté, chaud contre glacé, douceur contre vivacité. C'est dans ces dialogues sensoriels que le produit se déploie vraiment... et que vos invités, eux aussi, se révèlent.

Retenir un détail sur chaque convive ou l'art de chuchoter « Je pense à toi »

Avant même de réfléchir au menu, je déplie mon petit carnet : pages quadrillées, initiales griffonnées au crayon, sans rature ni fioriture. J'y note une préférence, une allergie, parfois une manie qui ne regarde qu'eux : Pierre évite le lactose, Zoé fuit la coriandre, Antoine ne résiste jamais à une poignée d'olives noires, Lucile se contente d'un demi-verre de rouge si le tannin reste soyeux. À quoi bon ? Parce qu'un dîner n'est jamais un spectacle de masse, mais un chœur d'individualités.

Et je l'ai constaté cent fois : un simple geste qui touche juste : une petite assiette « lait-free » glissée devant le convive au moment opportun, sans un mot, déclenche bien plus d'émotion qu'un homard entier flambé sous les flashs. L'attention intime vaut toutes les pyrotechnies. C'est elle qui grave le souvenir et qui murmure, sans besoin d'éclat : « Tu es attendu, tu es reconnu. »

Mes astuces pour que la mémoire ne flanche pas

Quand on reçoit souvent, la mémoire devient une alliée précieuse… mais fragile. J'ai donc inventé mes propres ruses pour ne jamais trahir la confiance d'un convive. Parfois, je glisse sous une assiette un petit sticker discret : vert pour végétarien, bleu pour sans gluten, rouge pour sans crustacés. Pour moi, c'est un signal clair au moment du service ; pour eux, c'est invisible.

D'autres fois, je m'appuie sur l'absurde. Je rebaptise mentalement mes invités : Zoé devient « Zoé-sans-Coriandre », et je l'imagine arrachant une branche géante de coriandre avec un air de victoire. Ce petit théâtre intérieur me garantit que son assiette arrivera impeccable.

Il m'arrive aussi de coder subtilement le menu imprimé : un astérisque posé à côté d'un ingrédient sensible suffit à avertir le convive qu'une version adaptée l'attend. Nul besoin de le clamer haut et fort, la discrétion a toujours meilleur goût.

Et puis, il y a les attentions complices. Antoine raffole des olives noires ? J'improvise un pain minute, chaud et parfumé, que je pose uniquement devant lui. Il rougit, son voisin demande pourquoi, et déjà la table se transforme en chaîne d'anecdotes personnelles. La magie est là : un simple détail devient conversation.

Enfin, je prolonge parfois le fil le lendemain. Un petit message à Lucile : « J'ai trouvé un Pinot sans sulfite qui devrait te plaire ; je t'en mets une bouteille de côté. »

Ce n'est pas de la logistique, c'est une fidélité qui s'ancre doucement.

Au fond, savoir retenir un détail, c'est prouver que la cuisine n'est pas un monologue mais un dialogue délicat. Il suffit d'un carnet, d'une image, d'un signe secret... et d'un sourire qui dit en silence : « Ce soir, cette table est faite sur mesure pour toi. »

Micro-détails qui changent tout

Un dîner ne se joue pas seulement dans les grandes assiettes, mais dans les infimes détails. La chaleur d'un plat, par exemple, n'a de sens que si l'assiette elle-même a été préparée : 42 °C pour accueillir un jus bien chaud, 7 °C à peine pour exalter un tartare. De la même manière, une torche passée en un éclair sur la peau d'un agrume libère un parfum qui embaume la salle sans qu'on sache d'où il vient.

Même le pain suit cette chorégraphie invisible : une pointe de baguette encore craquante avec l'entrée, un coeur de meule aux céréales denses pour soutenir une viande, puis, au dessert, une brioche perdue qui clôt le repas avec douceur. Rien d'anodin, tout a sa place.

Et puis, il y a la musique, ce fil discret qui accompagne sans jamais prendre la lumière. On commence par un jazz instrumental pour accueillir, on glisse vers une soul feutrée quand les plats s'enchaînent, puis l'on termine sur un piano minimaliste, presque un souffle, comme si la soirée elle-même se mettait au repos.

Ces détails ne s'annoncent pas. Ils s'infusent, s'oublient presque... mais ce sont eux qui, à la fin, dessinent la mémoire d'un repas.

Dernier mot : l'authenticité, toujours

Je ne dresse jamais une table pour « impressionner ». J'entends encore la voix de mon grand-père Étienne quand, autour du pot-au-feu dominical, il répétait : « On reçoit pour donner, pas pour montrer. » Ma grand-mère, Laurence, posait la soupière fumante au centre de la table, puis s'effaçait d'un pas, comme si elle confiait aux effluves le soin de parler à sa place. Tout était dit dans ce silence : la chaleur, l'accueil, la générosité.

Plus tard, dans les cuisines d'André Daguin ou de Thierry Marx, j'ai reconnu cette même vérité cachée sous la dentelle technique : derrière chaque étoile, chaque assiette millimétrée, il y a d'abord une poignée de main sincère, un geste offert sans calcul. C'est ce fil invisible, tendu de mon enfance aux grandes maisons, qui continue de guider ma cuisine.

Ma mère, Bénédicte, a ancré en moi cette leçon pour toujours. Elle pouvait poser sur la table le plat le plus simple, mais dès lors qu'il était préparé avec justesse, nous devenions rois. Tout était juste. À chaque fois, l'odeur rassurante de la cuisine familiale française emplissait la maison et donnait au repas la gravité d'une fête. J'ai eu cette chance immense avec ma mère : enfant, elle m'a initié aux grands plats ancestraux de notre terroir. Sans elle, peut-être ne serais-je jamais devenu cuisinier. J'ai compris aussi, grâce à elle, que l'argenterie compte bien moins que la chaleur d'un sourire. Le sien disait toujours, sans un mot : « Sers-toi d'abord, je me régale de te voir manger. » C'est sans doute pour cela qu'aujourd'hui, un simple couteau planté dans un pain de campagne m'émeut davantage qu'une sculpture sucrière, parce qu'il porte en lui un goût de vérité.

Alors, pour votre prochain dîner, résistez à la tentation du grandiose pyrotechnique. Préférez trois bouchées qui murmurent votre histoire : peut-être cette soupe froide de petits pois que vous sirotiez enfant, ou les rillettes fines que votre oncle corrézien préparait lors des vendanges. Choisissez un cocktail qui reflète votre humeur : un vermouth aux agrumes si la journée s'est emplie de lumière, un cognac infusé d'écorce si l'automne bat aux vitres. Allumez une bougie, non pour décorer, mais pour que sa flamme tienne lieu de métronome discret, ponctuant les paroles. Et, surtout, glissez un dernier clin d'œil, minuscule mais précieux : un sachet de sel fumé, une serviette nouée d'une brindille de lavande, une carte griffonnée de votre citation préférée. Ce détail attendra vos convives le lendemain, comme un écho tendre qui prolonge la fête jusque dans leur réveil.

Le reste ? Ce sera la joie partagée, et elle n'a besoin d'aucun décorateur. J'ai vu des tablées somptueuses s'éteindre dans la froideur, quand un repas improvisé sur un coin de caisse en bois devenait festin parce qu'une attention sincère illuminait les visages. La vérité de la table ne tient pas à la porcelaine ni aux nappes, mais à l'étincelle humaine : un rire, un geste tendre, un regard qui dit « tu es à ta place ici ».

La cuisine, au fond, n'est pas un spectacle : c'est une accolade qui se déguiserait en repas. Serrez-vous les uns les autres autour d'une assiette honnête, et vous tiendrez déjà la plus belle des étoiles.

10

LE BANQUET DES SOUVENIRS :
CÉLÉBREZ VOS SUCCÈS AVEC SIMPLICITÉ ET ÉCLAT

Dans ces pages, je déroule quinze années de banquets : plus de 260 mariages, anniversaires et dîners parfois insensés et j'y dépose ce que j'ai appris : les secrets minuscules qui transforment une réception en souvenir de toute une vie. Si je devais ne retenir qu'une règle, ce serait celle de mes grands-parents : donner avant de montrer, aimer avant d'impressionner.

Cuisiner pour les grandes occasions : la fête comme mayonnaise

J'ai vu des unions de contes de fées, des secondes noces intimistes, des baptêmes dans une grange, des bar-mitsva en palace. Peu importe le décor : comme une mayonnaise, la sauce ne prend que si tous les ingrédients vibrent ensemble.

Mariage casual-chic

J'adore ces réceptions « lin et graminées ». Une grange rénovée, nappes à grands pans, vaisselle dépareillée chinée aux Puces de la Porte de Vanves, bouquets de marguerites, pois de senteur, herbes folles que l'on cueille une seule semaine par an. Service en espadrilles, menu concentré sur le vrai : jambon ibérique découpé à vue, citronnade maison, plancha qui grésille plutôt que fontaine de chocolat. Pas d'esbroufe ; l'élégance tient dans l'aisance.

Mariage palace

Oui, je sais dresser une table de 300 couverts. Mais je n'y mets jamais plus de trois goûts par assiette : homard, fenouil, agrume ; ou filet de bœuf, morille, vin jaune. La simplicité devient luxe quand l'exécution est chirurgicale.

Seconde noce

Ici, la tendresse remplace la démonstration : petit comité, budget réfléchi, fleurs des champs, belle pièce de viande partagée, dessert qui raconte une histoire. On ne cherche plus à « faire grand », on veut donner.

Anniversaire improvisé

Un verre de sancerre frais (14 °C, pas moins) et un bol de chips maison, betterave, panais, poire, radis noir suffisent parfois à décréter la fête. Le secret : une table ronde, un joli bol en céramique, une bougie dans une coupe Napoléon III chinée pour trois euros : la convivialité naît de l'intention, pas du budget.

Transmettre et fédérer : impliquer ses proches, créer des rites

Je viens d'une lignée où l'on glissait un billet de cinquante francs dans la poche du petit dernier « au cas où ». Rien de spectaculaire ; juste la certitude qu'au moindre pépin il existerait un filet de sécurité invisible. Cette petite pièce de papier, si souvent repassée d'une génération à l'autre, en disait beaucoup plus long qu'une longue causerie sur la solidarité : elle créait un rite. Aujourd'hui, quand je parle de transmission, je repars toujours de là : un geste tendre, répété, qui finit par façonner un état d'esprit. Vous pouvez appeler cela « culture familiale », « tradition maison » ou simplement « bonne habitude ». Peu importe le nom, l'enjeu reste le même : faire circuler la confiance !

La cuisine est le terrain idéal pour cette circulation : elle sollicite tous les sens, elle nécessite un minimum de coopération, et elle laisse sur les mains l'odeur entêtante du succès partagé. D'où ces trois angles, à picorer dans l'ordre que vous voulez.

Impliquer la famille et passer le relais en douceur

Invitez les plus jeunes de la tribu à vous rejoindre, ne serait-ce que pour une heure. Envoyez-les en éclaireurs choisir la tomate la plus parfumée ou la botte de carottes la plus fraîche : ils apprendront à toucher, sentir, questionner le maraîcher. De retour à la maison, laissez-les casser les œufs pour la mayonnaise ou verser l'huile d'olive en filet. L'émulsion qui prend sous leurs yeux restera un souvenir olfactif beaucoup plus fort que n'importe quelle marque de couteau. C'est ainsi que, petit, j'ai compris que la cuisine était un terrain de jeu où chacun a le droit de réussir son premier « tour de main ».

Rituels chics-malins : l'élégance née de la simplicité

Un simple geste peut transformer une table. Prenez l'asperge : il suffit de couper une pointe crue de cinq centimètres et de la déposer devant chaque assiette. Le couteau y trouve naturellement sa place, le vert tendre illumine la table, et, le lendemain, ces éclats croquants finissent en salade, rien ne se perd. Même esprit avec un « bouquet comestible » : trois pots de basilic alignés au centre, racines en terre. Leur parfum accompagne le repas, et le lendemain, on cisèle tout en un pistou minute. Zéro gaspillage, cent pour cent poésie.

Vaisselle détournée : quand l'objet devient histoire

Je chine des soucoupes Napoléon III au détour d'une brocante et j'y verse une bisque de langoustine brûlante ; je glisse une bougie dans un vieux verre à cognac et il devient photophore ; je sers des boules de glace au thym sur un plateau à huîtres, comme des perles réinventées. Chaque objet, ressuscité, raconte sa mémoire tandis que le plat écrit la sienne. C'est un jeu d'échos : l'ancien dialogue avec l'instant, et le convive se surprend à sourire. Cherchez toujours l'usage inattendu : il n'y a pas de meilleur rappel qu'un bel objet « hors service », comme un légume cabossé, peut encore provoquer un grand « waouh », pour peu qu'on lui offre la bonne scène.

Le leitmotiv : « Fais de ton mieux, pas de la perfection »

On me l'a martelé pendant des années : « Un grand chef vise la perfection, sinon rien. » J'y ai cru. J'y ai cru au point d'y laisser des nuits blanches, des épaules figées, des services entiers où je n'ai même pas senti le parfum de mes sauces, obsédé par une microbulle hors place ou un pli de nappe trop raide. Jusqu'à ce soir de décembre, après trois réceptions menées « trop hardos » en quarante-huit heures. La cuisine était vide, les frigos bourdonnaient encore, un fumet refroidi flottait dans l'air. Moi, j'avais le cœur battant comme après un sprint et soudain la certitude que quelque chose clochait. C'est là que j'ai repensé aux paroles de mes grands-parents : le plaisir n'est pas une performance héroïque, c'est un muscle, il se nourrit d'efforts tenables, pas de souffrance.

Le cerveau humain n'est pas câblé pour applaudir la douleur ou l'épuisement. Ce qu'il célèbre, c'est la régularité joyeuse, les petits gestes répétés. Alors offrez-vous des « micro-cadeaux » quotidiens, avec ce que vous avez sous la main. Un soir, découpez vos serviettes dans un vieux drap de lin et laissez les ourlets imparfaits : ce défaut devient charme. Le lendemain, posez un petit bouquet de tulipes ou de fleurs des champs qu'aucun fleuriste n'aurait osé vendre : il fera sourire plus sûrement qu'une composition sophistiquée. Et puis, la semaine suivante, tentez des chips de tomate au déshydrateur : si elles gondolent, si elles s'effritent, tant mieux ! Elles rappelleront que la beauté est parfois dans l'accident, et que la table n'a jamais demandé autre chose qu'un peu de sincérité.

C'est exactement comme lorsque vous essayez de vous mettre au sport : répétez ces gestes vingt-et-un, trente ou soixante-six jours, et bientôt votre esprit les réclamera comme une récompense, non comme une contrainte. C'est la chimie du bonheur qui prend les commandes : la dopamine de la petite réussite balaie l'illusion du chef martyr.

Cette fameuse nuit, j'ai compris que je devais reprogrammer mon disque dur. La vie n'est pas une course d'obstacles, c'est une randonnée panoramique. On s'arrête, on boit, on reprend son souffle, on savoure le paysage. La cuisine aussi doit ressembler à cela : un chemin où l'on avance avec justesse plutôt qu'avec fracas.

Respectez-vous, goûtez votre propre présence en cuisine, et le banquet que vous servez portera en lui cette paix intérieure. Vos convives ne sauront pas l'analyser, ni la nommer. Ils diront simplement, en souriant, au détour d'un verre levé : « Chez toi, on se sent bien. »

Et croyez-moi, il n'y a pas de plus grand compliment.

Fêter, c'est honorer la vie qui nous honore

Qu'il s'agisse d'un mariage princier sous lustres de cristal ou d'un anniversaire improvisé autour d'un saladier de chips maison, j'ai appris une chose : la force d'une fête se mesure à l'intention, jamais à la facture. Posez-vous d'abord la question : « Qui ai-je envie de combler, et pourquoi ? » Si la réponse est « pour briller », vous n'aurez qu'un feu d'artifice qui retombe en fumée. Si elle est « pour offrir un moment vrai », alors même un vieux hangar peut devenir palais.

Je ne suis pas bien vieux, et pourtant je l'ai vu mille fois : une grange encore poussiéreuse, deux guirlandes d'ampoules, des bancs dépareillés de brocante... et soudain la magie. Elle surgit parce qu'on avait pensé à la couverture chaude pour la grand-mère, au jus de pomme artisanal pour les enfants, au morceau de guitare que l'oncle rêvait de jouer depuis vingt ans. À l'inverse, un hôtel cinq étoiles peut sonner creux si l'on sert un homard froid à celui qui déteste les crustacés.

Faites donc de votre mieux avec ce que vous avez : un jardin anglais un peu fou, un coin de salon, une nappe héritée de votre tante. Les souvenirs se collent à la générosité, pas à la porcelaine. Une cuillère d'huile parfumée, un bouquet noué à la main, une anecdote partagée à la lumière vacillante : voilà la colle invisible qui fixe la soirée dans les cœurs.

La perfection, croyez-en un ancien obsédé du contrôle, n'existe pas. Mais la joie, elle, se niche dans les détails imparfaits. Elle apparaît quand l'hôte quitte ses chaussures vernies, pousse la plancha à feu doux juste pour entendre chanter la graisse, et verse une simple citronnade comme si c'était un champagne millésimé.

Dans ce geste modeste se cache tout le sens de la fête : recevoir pour donner, et donner pour célébrer la vie, ensemble.

Alors ouvrez vos portes, vos bras, vos placards. Offrez une assiette, un sourire, une chanson grattée sur une vieille guitare. Faites confiance à la vie : elle saura toujours honorer, en retour, l'hospitalité que vous lui aurez tendue. Car lorsqu'on sert avec le cœur, chaque banquet, qu'il soit sophistiqué ou bricolé, devient inoubliable, unique, et surtout profondément vôtre.

11

L'ART DE SE TENIR VIVANT

Il existe des gens qui vous élèvent sans même prononcer de grands discours : un grand-père qui vous montre qu'aucune mie de pain ne mérite la poubelle, une mère qui répète qu'on n'assaisonne pas seulement une salade, on assaisonne la journée entière. Je leur dois tout ; vous venez de cheminer parmi leurs voix mêlées à la mienne. Si ce livre devait laisser une seule trace, j'aimerais qu'elle ressemble à leur héritage : faites de votre mieux, sans jamais confondre ambition et vanité.

Curiosité : ouvrir la fenêtre, tous les matins

La première qualité d'un cuisinier n'est pas la technique : c'est l'œil qui s'étonne encore. J'ai mis trente ans à comprendre que l'on peut découper une carotte de mille manières, mais qu'il n'existe qu'une seule façon de la regarder vraiment : comme si c'était la première fois. Essayez : posez-la dans votre paume, sentez l'odeur verte là où la fane a été tranchée, écoutez le craquement discret sous la peau fine. Déjà, vous aurez envie d'autre chose qu'un banal mirepoix. La curiosité, c'est la respiration du métier : chaque produit devient une fenêtre entrouverte sur le monde, chaque geste, une occasion de recommencer à apprendre.

Audace : un pas de côté (mais pas le grand écart)

Sortir des sentiers battus ne signifie pas courir après l'excentricité. L'audace, c'est oser remplacer la crème par un bouillon clair, la langouste par un maquereau, la porcelaine par une ardoise brute… à condition que le geste soit sincère. Le vrai courage, en cuisine, n'est pas de multiplier les artifices, mais d'oser la nudité d'un goût juste. La dernière fois que j'ai bluffé une tablée de diamants, j'ai servi… un simple œuf au plat. Jaune coulant, huile fumée, piment d'Espelette : rien de plus. Le silence est tombé d'un coup. L'enfance leur revenait en bouche, et les rubis ont attendu.

Le vrai luxe : simplicité + intention

Le luxe n'est jamais l'étiquette. Le luxe, c'est dormir dans une cabane d'Hydra et voir la mer en cinémascope ; c'est trancher son pain avec un couteau émoussé, mais savoir qui a semé le blé. Mettez la chemise la plus simple du monde si elle vous laisse libre de respirer et payez votre appartement plutôt qu'un logo. Le luxe, c'est l'authenticité : la liberté de préférer l'essentiel aux apparences. Tout objet devient précieux dès lors qu'on lui rend sa fonction première : nourrir, éclairer, rassembler. Et quand il retrouve ce rôle, il brille plus sûrement qu'un diamant sous vitrine.

Mini-efforts, maxi-joie

Le cerveau n'aime pas la souffrance prolongée ; il se nourrit de petites victoires répétées. On sait qu'il faut entre vingt-et-un et soixante-six jours pour transformer une action en habitude durable. Pendant ce temps, amusez-vous à couper vos serviettes de lin, à tester vos chips de tomate, à allumer chaque soir une bougie différente. Peu à peu, sans même y penser, vous verrez que ces gestes deviendront vos récompenses. La perfection n'existe pas, mais l'élan régulier vers le mieux, lui, vous rend plus léger, plus joyeux et infiniment plus libre que n'importe quel diplôme.

Vivre debout : trouver l'architecte de sa vie

Mon grand-père a dessiné la charpente, comme un chef qui organise son menu. Ma grand-mère a tressé la douceur, à la façon d'une brioche. Ma mère a coulé la tendresse, dense et nourrissante, comme une bonne crème pâtissière. Mes compagnons de route, eux, m'ont appris qu'un seul regard suffit à bastonner le doute. Cherchez la personne dont l'humilité rayonne assez pour devenir l'architecte de votre vie. Puis rendez-lui hommage, simplement : un riz au lait, un bouquet de tulipes, ou ce texto envoyé à minuit qui dit tout dans un simple « merci ».

Se recharger pour mieux créer

Aucune sauce ne monte si le poignet se crispe, aucun menu n'émeut si le cœur s'épuise. Offrez-vous deux jours en forêt, une sardine jetée sur la braise, un téléphone oublié. Puis revenez : vous verrez, l'inspiration vous attendra déjà sur le plan de travail, assise comme une vieille amie impatiente de parler.

12

IL FAUT CUIRE LA VIE
À JUSTE TEMPÉRATURE

Vous l'aurez compris au fil de ces pages : j'ai traversé à peu près toutes les saisons d'une vie de cuisine : l'apprentissage brutal, le succès fulgurant, les pépins de santé, les blessures du cœur. J'ai eu des maîtres tonitruants et d'autres plus mesurés ; et quand mon tour est venu de devenir patron, j'ai d'abord reproduit leurs colères, chronomètre à la main, imposant un rythme impossible. Jusqu'au jour où la vie m'a stoppé net : une rupture d'anévrisme. Cette épreuve m'a enseigné ce qu'aucune école ne m'avait appris : presser comme un fou, ni soi-même ni les autres, ne mène nulle part. Le mauvais stress ne fait lever aucune pâte, il ne construit rien de durable.

Aujourd'hui, après ces montagnes russes, j'aborde chaque problème avec deux questions très simples : « En parlera-t-on encore dans trois mois ? » et « Quelle action concrète puis-je prendre immédiatement ? ». Si la réponse à la première est non, je refuse de laisser la contrariété m'envahir ; elle repart d'où elle vient, comme une vague qui se brise sans atteindre le rivage. Si la réponse est oui, alors je me mets en mouvement : je coupe les dépenses inutiles, je renégocie avec mes fournisseurs, je conçois une nouvelle prestation. L'entrepreneur n'a pas le luxe de la paralysie : il doit apprendre à transformer chaque obstacle en énergie, comme on rallume un feu avec les braises d'hier.

Pour garder la tête claire, je m'appuie sur deux piliers. Le sport, même quinze minutes de gainage volées entre deux marchés. Et la lecture : Marc Aurèle pour la distance, les ouvrages de photo pour apprendre à cadrer un plat comme une image. Tout ce qui nourrit l'œil et l'esprit est bienvenu.

En management, je reste sensible aux jeunes qui arrivent la chemise repassée, CV tremblant à la main. Je me vois en eux. Je leur pose trois questions : « Pourquoi la cuisine ? », « Qu'est-ce que cela te procure ? », « Où te vois-tu dans cinq ans ? ». Je privilégie le grand cœur à la grande technique ; rien de pire qu'un apprenti qui tourne un oignon et se croit déjà Bocuse.

Le matin, j'entre vers 8 h 30 ; le premier vacarme des casseroles est mon starter, comme un tambour de réveil. Je salue l'équipe, un regard, une tape dans le dos, et déjà l'élan circule. J'insuffle l'énergie ; elle est contagieuse. Nous ne travaillons pas dans une banque : ici, le carburant, c'est la passion partagée, cette flamme invisible qui fait lever les sauces et les sourires en même temps.

Le soir, après une journée dense, la première sensation est toujours la gratitude. Je repense aux assiettes parties chaudes, aux regards furtifs de mes convives rassasiés, et je me félicite sans vanité : la mission est accomplie. Puis je sors sur la terrasse. J'arrose mes plantes, je cueille une feuille de menthe que je frotte entre mes doigts, geste hérité de Papi, qui savait déjà que les plus grands parfums se trouvent dans les choses les plus modestes. Le week-end seulement, je m'accorde un verre de bourgogne blanc, compagnon discret d'un silence bien mérité. Les soirs sans service, je ferme la lumière vers 22 h 30 : bien dormir, bien manger, nourrir des projets, voilà la triade qui me garde debout. Et puis, je le crois profondément, on ne connaît pas le vrai bonheur sans avoir flirté avec l'abîme. François Cheng le dit infiniment mieux que moi.

Je pense souvent à Papi. Un jour, je me suis acheté un bouquet de fleurs, un cadeau pour moi-même, presque en cachette. Il m'a regardé, amusé, puis il a lancé d'une voix tranquille : « Pourquoi les fleurs seraient-elles réservées aux femmes ? ». Cette phrase, toute simple, m'est restée. Le plaisir n'a pas besoin d'étiquette ni d'appartenance. Longtemps, j'ai cru que les objets servaient à combler les manques, à masquer les fissures. J'ai compris depuis que rien ne vaut la sincérité d'un jardin bien arrosé, la fraîcheur d'une feuille que l'on caresse du bout des doigts. Alors, je fais régulièrement le ménage, au propre comme au figuré. Je me défais de ce qui encombre, je laisse l'air circuler, et avec lui l'esprit retrouve sa clarté.

Et je m'autorise désormais de vrais rêves, des choses simples. À court terme, il y a l'ouverture d'un restaurant dans un monument historique au sud de Paris : un potager à quelques mètres de la cuisine, 100 % local, 100 % saison. Comme un retour aux sources, une manière de prolonger la leçon de mes grands-parents. Je crois bien, au fond, que je n'ai jamais quitté leur potager. Plus loin, je vois un domaine dans le Sud : un lieu d'intégration où des jeunes en difficulté et des personnes en situation de handicap travailleraient ensemble. Cultiver la terre, soigner les animaux, apprendre la cuisine. Leur offrir, par le geste et par le goût, une boussole intérieure. « Ce que la terre te donne est un trésor », répétait mon grand-père. Je veux redonner confiance à travers la nature, puis à travers la table. Voilà ma prochaine étape : transformer un héritage d'amour en avenir partagé.

Si demain je peux offrir à d'autres ce sentiment d'enfance – se resservir trois fois sans craindre les manières, alors chaque détour, chaque coup dur, aura trouvé son sens. La suite reste à écrire, mais l'encre est déjà prête, vibrante, impatiente de tracer les pages qui viennent.

Oui, j'ai quarante ans… et le sentiment d'avoir déjà vécu plusieurs vies. Des combats menés seul, ma croisade médicale m'a appris la valeur des petites victoires, ces étincelles minuscules qui empêchent la flamme de s'éteindre. Mais certains combats ne se traversent pas sans un compagnon de route. Pour moi, ce fut Olivier Chandès : mentor, garde-fou, frère d'armes silencieux. Sa voix tranquille savait ajuster le feu sous mes casseroles comme sous mes angoisses.

Nous touchions presque au terme de ce livre quand la nouvelle est tombée : Olivier s'en est allé, laissant sur ma table le vide d'une assiette que nous ne dresserons jamais ensemble. J'ai relu notre dernier échange, quelques lignes simples, envoyées au cœur d'une de ces conversations nocturnes qui semblaient ne jamais finir, et j'ai compris qu'il avait déjà écrit la conclusion à ma place.

« Hello Valentin, voici mes réflexions du jour : Ralentir, c'est essentiel : pas un luxe, une condition pour durer. L'équilibre, ça se travaille : il est vital pour chacun. La vraie performance est durable : constante, pas spectaculaire ni épuisante. Écouter les signaux faibles, c'est aussi être professionnel. Prévenir, c'est agir. La performance à long

terme repose autant sur les temps d'action que sur les temps de pause. En bref : prends soin de toi. Belle journée, bisous. »

Ces mots résonnent comme un bouillon clair : concentrés, nourrissants, sans la moindre graisse inutile. C'est exactement ce que j'essaie de servir, à chaque service et dans chacune de ces pages : une cuisine qui soigne avant de séduire, qui réchauffe avant de briller. Olivier m'a transmis cette évidence : « ralentir » n'est pas l'ennemi de la réussite, c'est la cuisson lente qui attendrit la chair, c'est la réduction patiente qui donne à la sauce sa profondeur, son éclat discret, sa vérité.

Je vous les confie tels quels, parce qu'ils incarnent ce que j'ai voulu partager :

Ralentissez devant un produit, sentez-le, écoutez-le. Cherchez l'équilibre comme on ajuste une vinaigrette : un trait d'acide, une pointe de douceur. Visez la constance d'un four à 90 °C plutôt que l'éclat d'un chalumeau. Offrez-vous un ami, une pause, un souffle. Prévenez pour agir : gardez un fonds de sauce, un jour de repos, une parole de gratitude.

Si vous avez un mentor, un grand-parent, une amie qui croit en vous, gardez leurs voix comme un levain, prêtes à nourrir vos gestes. Écoutez-les, écoutez-vous, puis transmettez. Recevoir pour donner : la seule recette qui ne trahit ni le palais, ni le cœur.

Je referme ce livre avec, en mémoire, la main d'Olivier sur mon épaule et la voix de mes grands-parents dans le potager : « Fais de ton mieux, et savoure le reste. » À vous désormais d'allumer votre feu, choisir vos ingrédients, croquer la vie. Mais n'oubliez jamais ce supplément d'âme qui transforme un repas en souvenir, et chaque bouchée en éclat de vie.

BONUS

VOTRE CARNET D'ESQUISSES GOURMANDES

1. Choisissez *votre* muse

Prenez un légume, un fruit, une épice qui vous fait franchement vibrer : la tomate cœur-de-bœuf cabossée, la pêche de vigne encore tiède, le fenouil sauvage croisé au marché. Inscrivez son nom en majuscules au centre d'une feuille. Encerclez-le : vous venez de planter la graine.

Défi N° 1 : Engagez-vous à travailler un produit de saison que vous n'avez jamais cuisiné. Le trac est un excellent levain de créativité.

2. Tracez la trilogie des cuissons

Autour du nom, dessinez trois bulles :

- Cru & franc – carpaccio, tartare, infusion, jus.
- Tendrement cuit – vapeur douce, pochage, rôtissage léger.
- Carrément caramélisé – saisie vive, flambage, braisage long.

Reliez chaque bulle à un mot d'émotion : fraîcheur, douceur, profondeur. Vous venez d'esquisser un menu miniature.

Défi N° 2 : Sur la même ligne, notez quel « son » accompagne chaque cuisson : le chuintement de la vapeur, le crépitement du beurre noisette… Plus votre oreille écoute, plus votre main deviendra précise.

3. Allumez les projecteurs sensoriels

Dans un coin de la page, listez trois accessoires qui magnifieront le produit sans le déguiser :

- Une fleur : capucine poivrée, pensée sucrée ou simple branche de romarin en bouton.
- Une lumière : bougie chauffe-plat dans un verre à moutarde chiné, ampoule ambrée suspendue au-dessus du plan de travail, lanterne de papier si vous êtes dehors.
- Une musique : deux titres à volume feutré, un pour le dressage (rythme calme qui régule le souffle), un pour la dégustation (mélodie qui laisse parler l'assiette).

Défi N° 3 : Coupez l'électricité de la cuisine le temps d'un service et cuisinez sous lumière tamisée : vos autres sens vous remercieront.

4. Rassemblez un complice

Invitez une seule personne : quelqu'un que vous aimez, ou quelqu'un que vous rêvez d'apprivoiser. Expliquez-lui que le repas n'est qu'un brouillon, un premier jet. Glissez-lui un crayon : qu'il note, griffonne, esquisse sa version sur la page pendant qu'il goûte.

Défi N° 4 : Donnez à votre convive la possibilité d'ajouter « l'ingrédient secret » : une herbe, une huile, une épice qu'il choisit et que vous devrez intégrer en direct. Improviser, c'est rouvrir la porte de la cuisine à l'inattendu.

5. Goûtez, corrigez, archivez

À la fin, pliez la feuille, glissez-la dans un cahier. Écrivez la date, la météo, l'émotion dominante (« fou rire », « silence », « surprise »). Vous venez de capturer un souvenir qui n'existait pas trois heures plus tôt.

Répétez le rituel toutes les trois semaines : les pages formeront votre atlas intime. Un jour, vous verrez la progression : moins de fioritures, plus d'élan vrai. C'est là que la cuisine commence à parler votre langue.

6. Pourquoi ce jeu n'est pas anodin

Parce qu'il vous force à :

- Regarder le produit avant la recette.
- Écouter vos cinq sens avant votre téléphone.
- Mettre l'autre au centre, pas votre ego.

La cuisine n'est pas un spectacle ; c'est une accolade qui a pris la forme d'un repas. Recevez pour donner, aimez sans posture, et la table fera le reste.

« Faites de votre mieux,
le meilleur viendra
en marchant. »

Valentin Néraudeau

LEXIQUE GOURMAND :
PARLEZ CHEF !

BRUNOISE

Découpe ultra-fine : des dés de 2 à 3 mm, réguliers comme un damier. Parfaite pour farces, sauces claires ou garnitures qui doivent cuire vite et uniformément.

CONSOMMÉ

Bouillon clarifié, grâce à un « radeau » de blancs d'œufs, viande maigre et légumes – jusqu'à devenir limpide, concentré et parfumé. Se sert brûlant à la louche ou gélifié très froid.

DÉGLACER

Verser un liquide (vin, bouillon, vinaigre, jus d'agrume) dans un récipient encore chaud pour décoller les sucs caramélisés. Le premier geste d'une sauce qui a du relief.

FONDS

Les briques Lego® de la cuisine française : bouillons de base obtenus par longue cuisson d'os, de parures et d'aromates. Blanc ou brun, de volaille ou de veau... c'est le squelette de vos sauces.

FUMET

Bouillon rapide, très aromatique, préparé avec arêtes de poisson ou carapaces de crustacés. Sert à muscler un risotto, une bisque ou une sauce crème.

JUS PERLÉ

Réduction courte d'un jus ou d'un fond : le liquide devient satiné, nappant, parsemé de petites perles grasses qui miroitent en surface.

LAQUER

Napper une pièce (volaille, poisson, légume) d'un sirop ou d'une sauce épaisse en fin de cuisson pour obtenir brillance miroir et fine couche sucrée-salée.

MANTECATURA

Geste final du risotto ; on retire la casserole du feu puis on « monte » le riz encore chaud au beurre et/ou au parmesan pour obtenir une texture crémeuse et brillante.

MIREPOIX

Base aromatique de la cuisine française composée, dans sa version classique, de petits dés (brunoise grossière) de carotte, d'oignon et de céleri branche, parfois complétés par un peu de poireau ou de lard. Sués doucement dans un corps gras, ces légumes servent à parfumer fonds, sauces, braisages et ragoûts ; ils apportent une douceur sucrée végétale et un fond d'umami sans voler la vedette au produit principal.

OPALINE

Tuile translucide de sucre cuit puis refroidi. Fine comme une aile de libellule, elle apporte croustillant et éclat sur un dessert ou un prédessert.

PICKLES

Légumes, fruits ou même graines marinés dans un bain vinaigré sucré épicé. Croquant instantané, acidité rafraîchissante, conservation longue durée.

RÉDUCTION

Faire doucement évaporer un liquide (vin, bouillon, crème) pour concentrer la saveur et épaissir la texture. On n'assaisonne qu'à la fin pour éviter l'effet trop salé.

SAUMURER

Plonger un aliment dans une eau salée – parfois sucrée et aromatisée – afin de l'assaisonner à cœur, le rendre plus juteux et prolonger sa conservation.

SUPRÊMES D'AGRUMES

quartiers d'orange, de pamplemousse ou de tout autre agrume levés au couteau entre les membranes, sans peau ni pépins, pour un résultat juteux et parfaitement fondant.

TWISTER

Verbe maison de la cuisine contemporaine : revisiter un classique avec un ingrédient inattendu. Exemple : « œuf mayo twisté au yuzu ».

LE SAVIEZ-VOUS ?

Restaurant : Le terme vient du français « restaurer », à l'origine utilisé pour décrire des bouillants fortifiants au XVIIIe siècle, censés « restaurer » la santé des clients.

Entrée : Dans la cuisine française classique, l'« entrée » désignait autrefois le premier plat « entrant » dans la salle à manger.

Dessert : Vient du verbe « desservir » signifiant qu'on débarrassait la table avant de servir la dernière partie du repas.

Du service à la française au service à la russe : Jusqu'au XIXe siècle, la tradition du service à la française voulait que l'on présente simultanément sur la table tous les plats d'un même service (entrées, rôtis, légumes, etc.) de manière que les convives puissent se servir eux-mêmes. À partir de la seconde moitié du XIXe siècle, le service à la russe a peu à peu supplanté cette pratique : chaque plat est alors servi successivement, dressé à l'assiette, ce qui met davantage en valeur la présentation et la dégustation.

REMERCIEMENTS

Merci à mes sœurs, Marie et Louise, qui ont toujours les mots, l'attitude et l'amour pour me pousser à être encore meilleur.

Merci à Youssef, qui partage ma vie.

Merci à la grande famille du Musée du Vin : Théo, Laurence, Alexandre, Nicolas, Gianni et Luc.

Merci à Carole, ma plume, « la patronne » comme j'aime la surnommer, sans qui cette aventure n'aurait pas pu voir le jour... et, je l'espère, continuera de s'écrire.

Merci à Guillaume Bazaille, avec qui je poursuis un voyage extraordinaire, loin d'être achevé.

Merci à Florence Boursot pour son grand cœur, sa passion pour le beau et le bien-manger, son amour pour l'humain... C'est dans ce sens que nous avons eu un coup de cœur l'un pour l'autre ; oui, j'ai pour elle une affection particulière.

Enfin, un immense merci à Lise Boëll et Estelle Cerutti pour leur confiance, leur foi en moi et en ce beau projet. Avec toute ma gratitude.

TABLE DES MATIÈRES

Cet ouvrage a été imprimé en France
sur les presses de Normandie Roto Impression s.a.s
61250 Lonrai (Orne)

pour le compte des Éditions Fayard
13, rue du Montparnasse, 75006 Paris
info-fayard@editions-fayard.fr
en octobre 2025

PAPIER CERTIFIÉ

fayard s'engage pour l'environnement en réduisant l'empreinte carbone de ses livres. Celle de cet exemplaire est de :
0,450 kg éq. CO_2
Rendez-vous sur www.fayard-durable.fr

N° d'édition : 18-4271-0/01 - N° d'impression : 2504586

Imprimé en France